KB065617

집, 그리고 나의 이야기

집, 그리고 나의 이야기

강인성 · 구 선 · 문옥희 · 민희순 · 박미정

반수정 · 서형운 · 윤을순 · 이솔 · 이현지

저마다의 집을 꿈꾸면서

집은 삶을 영위하는 근간이 되는 곳이며 가장 안전한 휴식처다. 가족과 함께하는 따뜻한 안식처이며, 혼자 있어도 가장 안전한 곳이 바로 우리의 집이다.

지금 우리에게 집은 어떤 곳일까. 편안해야 할 집이 불편하기도 하고, 그래서 집을 찾아 집을 떠나는 사람도 있다. '내 집', 그러니까 나의 소유로 된 집을 마련하기 위해 평생을 바치는 사람도 있고, 누군가는 집을 재테크의 수단으로 삼기도 한다. 때로 '내 집'에 대한 열망은 '더 좋은 집'에 대한 열망으로 차오르기도 한다.

2024년, 오늘을 사는 평범한 우리에게 집은 어떤 의미일까. 이 책의 시작이었다.

배낭여행을 떠난 청년은 하룻밤에 3만 원 하는 숙소, 그러니 누울 곳만 있으면 세상 어디든 자기 집이라고 말한다. 결혼 후 13번 이삿짐을 싼 사람은 주택은 물론 아파트, 빌라, 전원주택 그리고 지하에 있는 집까지 여러 형태의 집들을 섭렵하며 살았던 것처럼 자신의 삶도 단조롭지 않았다고 고백한다.

또 누구는 해외 주재원으로 나갔다 돌아온 3년 사이 집값이 천정부지로 치솟아 절망하고 주변 친구들과 비교하면서 자존감이 떨어지기까지 했으나 돌아가신 건축가 정기용 선생님의 말씀, 그러니까 우리에게 집이란 물리적 공간이 아닌 영적 개념의 우주적 평수를 지녀야 한다는 말을 듣고 자신을 찾을 수 있었다고 고백하기도 한다.

마음이 아팠던 사람은 아파트를 떠나 정원이 있는 시골 주택으로 이사하면서 건강을 회복했다고 말하고, 어떤 이는 갑작스럽게 병을 얻어 병원과 집을 드나들면서 자기만의 집을 찾는다고 말하기도 한다.

여행자가 아닌 평범한 일상을 살아가는 우리의 정처 없는 삶에서 진정한 집을 갖고 싶은 것은 당연한 욕구인지 모른다. 따지고 보면 우리는 모두 이 세상에 잠시 다녀가는 여행자들.

우리가 사는 집과 우리가 쓰는 글. 그것은 보이는 것과 보이지 않는, 그래서 당연히 다른 것이지만 우리를 안착시키는, 보다 다른 삶을 영위하게 하는 것이다.

어렸을 때 살았던 집이나 학교를 찾아갔을 때 만나는 것은 그곳에서의 단편적인 기억이다. 이미 시간이 지난 그곳에 우리가 들어갈 곳은 없다. 글은 우리에게 그 시간의 집을 완성하게 해준다. 우리가 글을 쓰는 이유도 어쩌면 그 집을 위해서인지 모른다. 우리는 저마다의 집을 갖고 싶은 것이다.

엮은이 임후남

| 목차 |

1장 집

2장 그리고 나의 이야기

1장

집

(견딜수만 있다면)
여기가
내 집이야!

강인성

적당히 느긋하다가도 글 쓸 때만큼은 진지한
철학하는 사람

유럽 여행을 계획하며 가장 걱정했던 건 역시 예산이었다. 놀랄 만큼 물가가 비싸다는 이야기를 들으며 도대체 이번 여행에 얼마가 들지 감이 안 잡힌 상태였다. 최대한 아낄수록 나는 유럽의 멋진 도시에서 더 오래 머물며 더 맛있는 걸 먹을 수 있었다.

　그중에서도 몸으로 때우며 가장 아낄 수 있는 건 역시나 숙소비다. 숙소비는 마음만 먹으면 하루에 100만 원도 써버릴 수 있을 만큼 여행 지출에서 가장 폭이 큰 항목인데, 내가 놀랐던 건 이거다. 각오만 되어 있다면 유럽 어느 곳에서든 하루를 머무는 데 약 3만 원이면 충분하다는 것.

3만 원. 유럽에서 한 달을 지내는 데 100만 원이면 된다니. 그 금액은 예산에 대한 걱정을 사그라들기에 충분한 금액이었다. 3만 원이면 런던이 내 집이 되고 파리가 내 동네가 된다. 그러니 어떻게 내가 게스트하우스에서 머물지 않을 수 있을까. 기적같이 싼 금액에 홀린 나는 호기롭게 런던에서 머물 게스트하우스 두 곳을 예약했다.

7시간의 비행과 4시간의 대기, 그리고 다시 6시간의 비행. 거기에 한 시간 동안 지하철을 타고 도착해 들어간 게스트하우스는 작은 건물에 있었다. 계단 사이사이마다 어지럽게 세탁실과 화장실, 샤워실이 뒤죽박죽 섞여 있어 정신을 차리지 않으면 내가 어디에 있는지도 까먹을 정도였다.

어지러운 계단을 두리번거리며 올라가니 내가 예약한 호실의 방이 나왔다. 카드 키를 찍고 (카드 키래 봐야 종이 쪼가리 정도이다. 아직도 그게 어떻게 문을 여는 건지 이해가 되지 않는다.) 방문을 여니 네 개의 이층 침대로 꽉 찬 방이 보였다. 침대와 침대 사이엔 사람 한 명이 겨우 지나갈 공간이 있고 아주, 아주아주 작은 화장실이 딸려 있었다. 어찌나 작은지 변기에 앉아 발을 쭉 뻗으면 세면대에 발을 올릴 수 있는 수준이었다. 이제 나는 그곳에서 샤워도 하고, 옷도 갈아 입고, 짐도 정리하고, 잠도 자야 되는 신세가 되었다.

하루에 3만 원으로 유럽에서 머물기 위해선 꽤나 많은 인내심을 요구하게 된다. 방금 말한 아주아주아주 작은 화장실이라도 방에 있는 게스트하우스라면 감사한 일이다. 두 달간 다녔던 게스트하우스의 절반은 복도에 있는 공용 화장실만 있었다.

그런 게스트하우스에서 샤워를 하기 위해선 수건과 갈아입을 옷, 세면도구를 모두 챙겨 화장실로 가 칸막이로 된 샤워실에서 모든 걸 해결해야 한다. 작은 고리에 옷과 세면도구를 걸어놓고 샤워와 속옷 손빨래를 한다. 스포츠 타월로 몸을 대충 닦고 물기 가득한 바닥에 옷이 닿지 않게 낑낑거리며 옷을 갈아입는다. 습기로 가려진 안경을 쓰고 머리를 털며 주섬주섬 옷과 수건 세면도구를 챙기고 방에 돌아가 수건과 속옷을 널면 샤워 끝이다. 드라이기는 바라지도 않는다. 어차피 시간이 해결해 주니까.

게스트하우스의 가장 견디기 어려운 순간은 밤에 자다가 화장실이 가고 싶은 때다. 그 시간에 화장실을 간다는 건 많은 걸 의미한다. 고요한 적막과 어둠을 깨고 이층 침대의 사다리를 타고 내려와야 하는데 그때 들리는 이층 침대의 삐걱대는 소리는 정말이지 요란하다. 보이지 않는 사다리를 더듬거리며 내려올 때면 죽음의 공포마저도 느껴진다. 여기서 잘못 디디면 그대로 바닥과 내 머리가 강하게 맞닿을 수 있겠구나 하는 두려움 말이다.

그러나 그 두려움을 뚫고 느껴지는 발바닥의 고통. 80kg의 체중이 얇고, 차갑고, 단단한 쇠막대기에 실릴 때 느껴지는 발바닥의 고통이란. 입술을 꽉 깨물며 한 발 한 발 신중히 내려간다. 다 내려갔다면 핸드폰의 희미한 불빛에 의지해 신발을 찾는다. 신발까지 찾아 신었다면 가장 중요한 게 있다. 주머니에 카드 키가 있는지 확인해야 한다. 이걸 까먹는다면 볼 일을 다 보고 돌아와 잠겨 있는 방 문 앞에 섰을 때 나 자신에 대한 한심함이 온몸을 지배할 것이다. 경험해 봐서 안다.

그뿐인가. 누가 도둑질해갈지 모르니 항상 사물함에 자물쇠를 걸어야 하고, 늦은 밤까지 통화하는 사람을 견뎌야 하며 그 사람과 싸우는 사람까지도 참아내야 한다. 천둥 같은 코골이는 나도 만만치 않으니 눈감아줄 수 있다.

하지만 새벽에 술에 취해 떠들면서 방에 들어오는 사람

은 참기가 어렵다. 하지만 영어도 짧은 아시아인이 뭘 할 수 있겠나. 그저 참는 수밖에. 그놈의 와이파이는 왜 이리 안 잡히는지. 얼른 다음 도시에서 머물 숙소를 알아봐야 하는데 답답하기가 그지없다.

그럴 때면 돈 좀 더 주더라도 쾌적한 나만의 공간이 있는 호텔로 가고 싶은 마음이 치솟으나 10만 원이 넘는 가격을 보면 마음이 흔들린다. 그러고 보니 3만 원에 이 정도면 나쁘지 않다는 생각이 든다.

가장 인상 깊었던 게스트하우스는 로마에서 간 게스트하우스였다. 가격이 2만 원 초반대로 로마에서도 수상할 정도로 가격이 싼 게스트하우스였다. 사진으로 봤을 땐 괜찮아 보여서 간 게스트하우스는 놀라운 시설을 자랑했는데, 그건 바로 사다리 없는 이층 침대였다. 처음엔 눈을 의심했다.

그런데 기다란 다리를 자랑하며 아무렇지 않게 이층 침대로 올라가는 다른 숙박객을 보며 현실을 받아들였다. 하필 로마에 도착한 날 충전기도 고장이 나고 로션도 잃어버려 모든 게 최악이었는데 사다리 없는 침대를 보니 정신이 나갈 것만 같았다.

그래도 별수 있나. 올라가서 자야지. 한번 올라가면 점프로 내려와서 다시 낑낑대며 올라가야 한다. 최대한 많은 짐을 챙겨 겨우 침대로 올라갔다. 혹시 몰라 밤에 화장실을 가고 싶을 때 쓸 비상용 빈 물통까지 챙겼다. 부디 이 물통을 쓸 일이 없기를 바라며 말이다.

18시간의 이동을 마치고 겨우 가방만 내려놓은 채 이층 침대로 올라갔다. 그렇게 18시간 만에 내 허리는 푹신한 매트리스에서 휴식을 취할 수 있었다. 낯선 도시로 오는 동안 들었던 긴장이 풀렸다. 침대의 커튼을 치고 눈을 감았다.

20시간 전의 나는 넓고, 깨끗하고, 쾌적한 푹신한 퀸 사이즈 침대가 있는 내 방에 있었다. 그러나 지금은 좁고, 불편하고, 찝찝한, 겨우 발 뻗고 누울 수 있는 이 작은 침대가 내 공간의 전부다. 그러나 그 공간이 그렇게 아늑할 수 없었다. 런던이라는 놀라운 도시 한 가운데에 48시간짜리 내 집이 생겼다. 비록 내가 쓸 수 있는 건 침대 한 칸 뿐이지만. 이제 커튼만 젖히고 사다리를 내려가면 런던에서의 삶이 시작될 것이다.

바람이 통한 걸까. 다행히 로마에서의 첫날밤엔 화장실이 가고 싶지 않았고 생각보다 깊은 잠을 잘 수 있었다. 아침에 일어나자마자 로션과 충전기를 산 후 본격적으로 로마를 돌아다녔다. 그날 본 미켈란젤로의 피에타란. 라파엘로의 아테네학당을 직접 두 눈으로 본 감동이란. 도시 전체가 유적지와 관광객으로 둘러싸인 로마의 낭만은 나를 감동시키기에 충분했다.

나는 늦은 밤까지 로마 곳곳을 걸으며 그 낭만을 한껏 받아 게스트하우스로 돌아왔다. 사다리 없는 이층 침대마저도 사랑스러웠다. 나는 그 불편함을 견뎌냈고 여기 런던에, 파리에, 프랑크푸르트와 뮌헨에, 로마와 아테네에 내 집을 구했다. 3만 원이면 충분하다. 견딜 수만 있다면, 내 집은 어디에든 있다.

3만 원. 유럽에서 한 달을 지내는 데
100만 원이면 된다니. 그 금액은 예산에 대한
걱정을 사그라들기에 충분한 금액이었다. 3만
원이면 런던이 내 집이 되고 파리가 내 동네가
된다. 그러니 어떻게 내가 게스트하우스에서
머물지 않을 수 있을까. 기적같이 싼 금액에 홀린
나는 호기롭게 런던에서 머물 게스트하우스
두 곳을 예약했다.

악몽

구 선

우울증 걸린 정원사

나는 정원 잔디밭 경계를 따라 잡초 발아 억제제를 뿌리고 있었다. 경계만 보며 뿌리다 어느새 뒷집 정원에 들어와 있었다. 우리 집과 뒷집이 이렇게 이어져 있었나 생각하며 그 집 대문을 나와 집으로 향했다.

　집으로 돌아가는 길의 모습이 평소와 많이 달랐다. 길 왼쪽에 빈터가 있었다. 빈터를 한참 바라보다 고개를 돌리니 잘 포장된 길이 쭉 이어져 있었다. 완만한 오르막으로 바뀐 길을 따라 계속 걸었다. 길 오른쪽에 아파트 단지가 보였다. 길에서 가까운 쪽에는 4층짜리 낮은 아파트가 모여 있었고 그 너머에 고층 아파트가 있었다. 우리 집은 길옆 두 번째 동 2층 오른쪽 끝집이었다.

집 쪽으로 걸어가는데 누군가 말을 걸었다. 그러고 보니 아파트 단지로 들어설 때부터 내 뒤를 따라오던 남자였다. 키가 크고 마른 체형의 남자는 아주 굵은 웨이브가 잡힌 헤어스타일을 하고 있었다. 그는 아파트 단지 입구가 어디냐고 물었다. 길을 쭉 따라 걷다 보면 경비실이 나올 거라고 가르쳐 주었다. 내게 말을 거는 눈빛에서 감정을 읽을 수가 없었다. 주위에는 아무도 없었고 나는 그가 매우 위험하게 느껴졌다.

길을 알려주고 집 방향으로 걸음을 재촉했다. 그 남자는 내가 가르쳐준 방향으로 가지 않고 나를 계속 쫓아왔다. 그대로 집으로 들어가면 안 될 것 같았다. 바로 옆에 있는 집을 지나쳐 아파트 단지 중앙 쪽으로 계속 걸었다.

뒤에서 따라오는 속도가 점점 빨라졌다. 나는 두려워 뛰기 시작했다. 사람들이 모여 있는 것이 보였다. 모르는 사람이 계속 쫓아 온다며 그 사람들에게 도움을 요청했다. 사람들 사이에는 아파트 경비도 있었다. 사람들이 그 남자와 실랑이를 하는 사이 나는 집으로부터 더 멀리 도망을 갔다.

멀리 경찰차가 보였다. 다시 돌아와 사람들에게 물어보

니 경찰이 그 남자를 파출소로 데려갔다고 했다. 나는 얼른 엘리베이터를 타고 집으로 들어가 문을 잠갔다. 집에 들어가서도 불안한 마음이 가라앉지 않았다. 안방에 들어가 한참을 숨어 있었다. 해가 어둑해지고 집이 점점 어두워졌다. 나는 불을 켤 수가 없었다.

갑자기 초인종이 울렸다. 살금살금 까치발로 현관문 중간에 뚫린 구멍을 통해 밖을 내다보았다. 파출소에 잡혀갔다던 그 남자가 집 앞에 서서 마치 내가 보이는 것처럼 문을 노려보고 있었다. 거실 베란다로 도망칠까, 남편에게 전화해서 빨리 오라고 할까, 남편이 엘리베이터에서 내렸는데 그 남자가 공격을 하면 어떡하지, 우리 집 창문이 다 잠겨 있었던가. 열린 창문으로 그 남자가 들어오는 건 아닐까 안절부절하며 계속 문밖의 남자를 지켜보고 있었다.

초인종을 계속 누르다 그는 문을 주먹으로 두드리기 시작했다. 어두운 집이 점점 좁아지고 숨이 막혀왔다. 남자가 발로 문을 쾅쾅 걷어차자 금방이라도 문이 열릴 것만 같았다. 나는 더이상 숨을 쉴 수 없었다. 문이 열리려는 순간 잠에서 깨었다.

꿈이었다. 머리가 깨질 것처럼 아팠다. 여전히 숨이 막히고 심장이 빠르게 뛰고 있었다. 눈을 뜨고 싶었지만 눈이 뻑뻑해서 잘 떠지지 않았다. 눈앞이 여전히 어두웠다. 며칠 운동을 심하게 한 탓인지 온몸이 아프고 무거웠다. 남편이 회사에 가는 것을 보고 다시 잠든 모양이었다. 침대 사이드 테이블 위에 올려둔 인공눈물을 집어 양쪽 눈에 몇 방울씩 떨어뜨렸다. 그제야 시야가 서서히 밝아졌다. 어둡고 좁은 꿈속 집과 달리 내가 누워 있는 방은 밝았다. 나는 나의 안전한 집에 누워 있었다.

나는 원래 꿈을 잘 꾸지 않았다. 그런데 요즘음 꿈을 자주 꾼다. 꿈에서는 늘 매우 넓은 집으로 이사 간다. 방이 아주 많은데 꼭 구석방에 다른 사람이 살고 있다. 그리고 집 중간을 가로질러 길이 나 있어 사람들이 수시로 그 길을 통해 우리 집으로 들어온다. 그들을 쫓아내기 위해 고함을 지르며 싸우거나, 나를 도와주지 않는 가족들과 싸우기도 한다. 근래에는 쫓기는 꿈을 많이 꾸었다. 그런 꿈 때문에 자다가 소리를 지르며 깨는 경우도 있고 가위에 눌린 나를 남편이 깨우는 경우도 있다.

이번 꿈에 나온 집은 고등학교 다닐 때 살았던 집과 느낌이 많이 비슷했다. 버스에서 내려 집으로 돌아오는 길이 심하지 않은 오르막이었는데 야간자율학습을 하고 돌아올 때는 좀 무섭기도 했었다. 30년이 넘은 일인데 왜 그 집이 갑자기 꿈에 나온 걸까.

비슷한 꿈을 계속 꾸는 일이 잦아지자 처음엔 인터넷에서 꿈 해몽을 찾아 보았다. 내가 꾸는 꿈과 비슷한 꿈은 찾을 수 없었다. 큰 집으로 이사를 가는 꿈은 집에 좋은 일이 생길 징조라는데 그 큰 집에 사람이 드나드는 꿈의 의미는 없었다. 게다가 승진이나 로또 당첨 같은 일은 생기지도 않았다.

그럴듯한 해몽을 찾을 수 없게 되자 꿈을 꾸는 이유를 생각해 보았다. 내가 스트레스가 많은 생활을 하기 때문에 항상 긴장해서 쫓기는 꿈을 꾸는 걸까. 그러기엔 내 일상은 너무 평안하다. 그렇다면 불안장애가 꿈으로 나타나는 것이라는 결론에 이르렀다. 낮에는 불안하지 않다가 꿈에 불안한 것이면 그 감정은 어떻게 조절해야 하는지 고민이 되었다. 밤낮으로 꿈에 시달리는 날들이었다. 결국, 꿈이란 그저 생각의 파편일 뿐이니 크게 의미를 부여하지 않기로 했다.

침대에서 몸을 일으켜 부엌으로 갔다. 아침 약과 두통 약을 꺼내 먹고 거실 블라인드를 모두 올렸다. 현실의 집은 밝고 평온했다. 거실 창 너머 정원을 바라보며 생각했다.

'내가 이사는 참 잘 왔지. 나는 우리 집이 참 좋아.'

창 너머 들어오는 햇살을 받으며 서 있으니 불안한 마음과 두통이 서서히 가라앉기 시작했다.

메르시안 502호

문 옥 희

살아 내는 소소한 일상을
글로 남기고 싶은 이상주의자

'저 불광천에 빠지면 죽을 수 있을까?'

그러나 불광천은 기껏해야 무릎이 닿지도 않는 높이였다. 야무지게 포대기를 맨 등에는 둘째가 잠들어 있었다. 포대기 위에 아기띠를 겹쳐 메고 첫째를 고쳐 안았다. 내 눈은 창밖을 바라보고 있었다. 어둠이 깔린 불광천 주변에는 가로등 불빛만 남아 있었다. 지나가는 버스와 자동차 점멸등이 밝아졌다 어두워졌다 했다.

첫째는 새초롬한 눈으로 날 바라보고 있었다. 도통 잠이 없는 26개월 첫째 아들을 재우는 건 내겐 고통스러운 숙제 같았다. 태어난 지 6개월 된 둘째는 늘 형에게 엄마품을 내어주고, 엄마 뒤통수만 보기 일쑤였다.

시계를 쳐다보니 어느덧 자정이 넘어가고 있었다. 한 시간 전에 잠든 둘째를 눕히고 싶지만 첫째가 잠들 때까지 기다려야 했다. 첫째는 둘째를 눕히려고 하면 더 정신이 멀쩡해지곤 했다. 무엇이 그리 궁금한지 지나가는 오토바이 소리에도 귀를 쫑긋거리며 물었다.

"엄마, 저건 무슨 소리야? 저건 뭐야?"

세상이 잠든 깜깜한 시간에도 아이의 눈빛은 빛났고, 내게 늘 종알종알 말을 걸어왔다.

"바퀴 두 개 달린 오토바이 소리지. 집에 돌아가는 자동차 불빛이지."

나는 조곤조곤 대답해 주었다.

두 아들을 생각하며 직접 만든 자장가도 불러주었다.

"예쁜 아기 자장자장 엄마도 아기도 자장자장, 쌔근쌔근 쿨쿨 쌔근쌔근 쿨쿨 엄마도 아기도 자장자장."

나의 눈빛과 마주치면 첫째는 안도하며 내 품에서 잠들었다. 어깨가 무너지고 허리가 부서질 무렵 서재 방에 첫째를 눕혔다. 안방 침대에 둘째까지 눕히고 돌아서니 새벽 1시가 넘었다.

거실 소파에 앉았다. 조용한 집에 나 홀로 깨어 있었다. 다시 창밖을 바라보았다. 응암역에서 새절역으로 가는 마을버스들이 막바지 손님을 태우고 지나갔다. 야참을 배달하는 오토바이도 지나갔다. 나는 길 건너 불 꺼진 간판, 불 켜진 간판을 멍하니 바라보았다. 불광천에는 연인들이 지나갔다. 무지갯빛 터널도 불이 꺼졌다. 방전된 내 몸뚱아리는 온몸이 저릿저릿 떨렸다.

뒤를 돌아보니 거실에는 읽어주다가 쌓인 동화책, 아이들이 던져놓은 볼풀 공, 그리다 만 그림판과 수성펜, 둘째가 타다 만 보행기, 먹다 만 이유식 그릇 들이 보였다. 좁은 거실이 더 좁아졌다. 남편은 아직 퇴근 전이었다. 퇴근하려면 아직 한 시간이나 남았다. 모두 내가 치워야 할 일거리들이었다. 나는 주섬주섬 정리를 시작했다. 왼쪽 팔이 갑자기 욱신거렸다.

몸이 아프다는 사실도 잊었었다. 6개월 전 둘째를 낳고 얼마 지나지 않아 팔꿈치와 무릎에 수포가 생겼다. 동네 의원에 가니 별거 아니라는 듯 연고 하나 주길래 발랐다. 통증이 느껴지면 20개월 터울인 두 아기를 돌봐서 생긴 근육통이라고 생각했었다. 토요일에만 잠깐 남편에게 아기들을 맡기고 정형외과에서 물리치료를 받았다. 그러다 가슴부터 또 수포가 생기기 시작했다. 좀처럼 몸이 회복되지 않아 동네 통증의학과를 찾아갔다. 간호사가 물리치료를 중단하더니 의사에게 다시 데리고 갔다.

"젊은 엄마가 대상포진이 왔네요. 쉬어야 낫는 병인데 어쩌다 그랬어요."

집으로 돌아가는 길에 눈물이 흘렀다. 이미 왼쪽 팔과 어깨는 내 맘대로 움직이지 않았다. 혈관이 찢어질 것 같은 고통을 계속 참았다. 그래도 늘 입 밖으로 아프다고 말하지 못했다. 하루도 쉬지 못했다. 눈앞에 있는 어린 두 아들을 보면 아픈 내 몸은 뒷전이었다.

가까이 집안일을 부탁할 사람도 없었다. 멀리 있는 가족 중 날 위해 달려와 주는 사람은 없었다. 아이들을 돌보는 일과 내가 다시 회사에 복귀하는 방법을 동시에 고민할 여유가 없었다. 남편은 그런 내게 말했다.

"어쩌라고."

약을 먹어야 했기에 모유 수유를 중단했다. 둘째는 6개월부터 분유를 먹었다. 나는 왼팔을 주무르면서 간신히 분유를 타 먹였다. 오른팔이라도 쓸 수 있어 다행이었다. 식은

땀을 흘리며 두 아이를 씻겼다. 다듬고 칼질해서 첫째 이유식도 만들어 먹였다. 작은 옹기에 밥을 지어 먹이면 첫째는 엄마 밥이 최고라고 엄지손가락을 치켜들었다. 싱크대에 주저앉아 아픈 팔을 주무를 때면 첫째가 안아주었다. 눈물이 날 때는 둘째가 더 큰 소리로 울면서 날 찾았다.

정리를 마친 거실은 말끔한 키즈카페였다. 오색찬란한 장난감과 놀이기구, 동화책 들은 좁은 거실을 가득 메웠다. 4년 전만 해도 신혼집이었다고 말하면 누가 믿을까. 여의도에서 리서치 연구원으로 일하던 나와 구로디지털단지에서 프로그래머로 일하던 남편은 서울 한복판을 살짝 비켜 간 이 동네가 참 좋았다. 결혼 전 살았던 동네와 가까워 불광천을 지나갈 때마다 산책로와 벚꽃 가로수가 좋아 보였다.

우리는 불광천 근처에 살기로 결정하고 아파트 세 군데만 돌아보고 24평 집을 계약했다. 전셋집에서 지내던 남편은 안정된 삶을 살고 싶다며 대출받아 집을 사자고 했다. 어차피 대출 끼고 살 집이었다면 더 찾아보고 더 넓은 집으로 갈걸 하는 후회는 둘째 낳고 했다.

집 앞 불광천은 봄이 되면 벚꽃 천국이었다. 502호에서 엘리베이터를 타고 내려오면 불광천 산책로와 연결됐다. 첫째 아이 손을 잡고 둘째 아기 유모차를 끌었다. 아이들은 자기들 키만 한 강아지풀이 얼굴에 닿기만 해도 까르르 웃었다. 떨어지는 벚꽃을 잡겠다고 아장아장 걸었다.

　주변을 돌아보면 불광천을 따라 나홀로 아파트들이 줄줄이 서 있었다. 처음엔 아파트 사이사이 마당 넓은 단독주택도 많았다. 일 년, 이 년이 지나면서 그 단독주택 자리에 다세대 주택이 삐죽삐죽 올라왔다. 세대수 많은 아파트 상가에만 있던 커피숍, 국숫집, 포차 등이 불광천을 따라 곳곳에 생겨나기도 했다. 그중에 새절역 단골 커피숍도 있었다. 우리 부부는 처음 문을 열 때부터 자주 갔었지만 둘째가 태어난 후에는 가질 못했다. 집 뒤 백련산 주변은 브랜드 아파트들이 에워싸기 시작했다. 나는 변하는 동네를 뒤로하고 2013년 봄, 502호를 떠났다.

피땀 눈물로
지어진
빨간 양옥 집

민 희 순

유쾌하고 새로움을 추구하는,
아침 숲 신선한 기운으로

집에 대한 어릴 적 기억은 3평 남짓 마름모꼴 방안에 가로세로 잠을 자던 모습이다. 지금은 그렇게 좁은 곳에서 어떻게 살 수 있을까 하는 의문이 들지만, 그 작은 방에 문이 달린 TV도 있었고, 전화기도 있었다.

작은 방은 장점도 많았다. 두 살 터울 4형제가 세기의 공포 드라마 '전설의 고향' 귀신이 나올 때마다 지름 1미터 원안에 서로 등 뒤에 숨어서 무서움을 달랬다. 추운 겨울밤, 연탄불 아랫목 주인인 아버지 옆자리를 차지하기 위해 밤마다 형제들의 자리 경쟁은 치열했다. 그때를 생각하면 입가에 미소가 절로 나온다.

하지만 지금의 나보다 어린 30대 어머니와 아버지는 마냥 행복하진 않았던 것 같다. 부부는 매우 가난했기 때문이다. 아버지는 택시 운전을 하시고, 어머니는 주부였는데 제비 새끼 같은 자식들은 4명이나 되었다. 어머니는 결혼할 때 아버지 본가의 도움을 일 원 한 장 못 받았다고 자주 원망 섞인 푸념을 하셨다.

사연을 들어보니, 아버지는 운전병 제대 경력 활용하여 버스 운전을 시작하여 총각 시절 꽤 성실히 돈을 모아 시골 큰아버지 본가에 황소도 사도 밭도 사드렸다고 한다. 그런데 명의를 큰아버지 앞으로 해서 정작 본인이 결혼할 때 재산 분할을 요청하자 불같이 화를 낸 큰아버지에게 숟가락 하나 못 가져오고 쫓겨났다고 했다.

아버지는 근검절약의 아이콘이었다. 어머니랑 맞선 볼 때 입고 나온 옷이 버스 기사 유니폼이었고; 결혼할 때 갖고 온 옷이 기사 유니폼 2벌밖에 없었다고 한다. 그렇게 성실하게 저축했는데, 무일푼으로 쫓겨났으니 억울할 만도 하다.

어머니 또한 남다른 분이었다. 외할아버지가 7살 무렵에 돌아가셔서 외할머니가 생계를 책임지는 집안의 3남 2

녀의 장녀로 국민학교 시절부터 외할머니 따라 돈 벌러 다녔다고 한다. 제대로 된 교육을 못 받았지만 시골에서 젊은 사람이 일머리가 좋고 성실하고 부지런하여 일하는 곳마다 칭찬을 받았다고 한다.

하지만 번 돈은 모두 동생들 학비로 들어가 20대 아가씨가 로션 하나 없었다고 씁쓸하게 어머니는 말하곤 했다. 어머니는 집안은 가난하지만 나름 인기가 많았다. 그래도 맞선 자리에 버스 기사 점퍼를 입고 온 못 생기고 시커먼 총각에게 마음을 뺏겼다고 한다. 이렇게 성실한 두 남녀가 무일푼으로 만났지만 악착같이 돈을 모으고 성실하게 근검절약하며 땅을 사고 내가 중학교 때 시내에 빨간 2층 양옥집을 지었다.

이런 부모님의 성실함과 부지런함의 유전자를 받고, 피땀 눈물이 스며든 빨간 양옥집의 기운 덕분인지 4형제는 지금 남부럽지 않게 잘 자랐다고 어머니는 말하곤 한다.

부모님이 집을 지을 때 이야기는 아직도 가족들에게 중요한 기억으로 남아 있다. 개인택시를 하는 아버지는 성실하지만 영업 수단이 좋지 않아서 다른 택시 기사보다 돈을 잘 벌지 못했다. 우리 집을 제외하고 시골의 택시 기사는 비교적 윤택했던 거 같다.

학기 초 호구 조사를 마치면 선생님은 부모님께 매달 회비를 내는 육성 어머니회(지금의 학부모 반대표) 가입 추천서를 어머니에게 전달하도록 보내 주셨던 적이 왕왕 있었다. 물론 엄마는 돈 드는 일은 단칼에 거절했다. 하루에 이삼만 원 벌어오는 돈으로 어머니는 하루살이를 했다. 쌀 한 가마니를 들여놓기보다 돈을 아끼기 위해 이틀에 한 번씩 아침마다 한 되씩을 샀다. 쌀 한 바가지씩 사 오는 건 항상 나의 몫이었다.

아버지는 돈벌이 수익은 적었지만 그 시대 흔한 택시 기사들 노름판에 절대 가지 않았고, 엄청난 애주가이지만 돌아가면서 내는 술값이 아깝다고 동료들과 어울려 먹는 술자리도 가지 않고 집에서 혼자 드셨다.

이렇게 알뜰하게 목돈을 마련해서 버스터미널 5분거리 읍내에 네모반듯한 땅을 샀고, 여러 집을 답사해서 가장 맘에 드는 집의 건축업자를 만나 집을 지었다. 엄마는 건축비에 포함되는 인부들 세 끼 식사 비용을 아낀다며 공사 기간 내내 십여 명 인부들의 식사와 새참까지 네 끼를 챙겼다. 그 덕에 가족들은 매일 맛있는 요리를 먹으며 즐거웠던 기억이 있다.

집은 중학교 1학년 가을 무렵에 완공되었다. 마름모꼴 세 평도 안 되는 단칸방에서 살던 우리 가족은 부모님 방, 아들 방, 딸들 방으로 나뉘었다. 우리 자매에겐 친척이 집들이 선물로 새하얀 가구와 책상 2개를 사 줬다. 책상을 나란히 놓고 앉아 있으면 공부가 절로 됐다. 그러나 그해 겨울에는 난방비를 아껴야 해서 안방에서 모두 지냈다.

4형제는 이런 부모님의 모습을 보며 자랐다. 유전자의 힘은 위대해 언니도 나도 동생들도 모두 부지런하고, 성실하고, 모든 일에 최선을 다한다.

우리가 자란 빨간 양옥집은, 단순한 집이 아니라 부모님의 피땀 눈물로 지어진, 자식들이 훌륭하게 자랄 수 있는 기반이 되었다. 부모님의 희생과 노력 덕분에 우리는 열심히 공부해 나름 성공적으로 자리잡을 수 있었다. 거울 육아라는 말이 떠오른다. 지금도 부모님이 살고 계신 아주 탄탄한 서른한 살 된 빨간 양옥집 부모님의 이야기는 앞으로도 나의 자식의 자식에게도 이어질 큰 선물이다.

이런 부모님의 성실함과 부지런함의
유전자를 받고, 피땀 눈물이 스며든 빨간 양옥집의
기운 덕분인지 4형제는 지금 남부럽지 않게
잘 자랐다고 어머니는 말하곤 한다.

경기도 광주군
퇴촌면 영동리
산37번지

박 미 정

숫자의 바다에서 글을 짓는 임팔라

큰 호수를 가로지르는 도로를 지나면 비포장 산길이 나왔다. 입구에는 '공사중'이라고 쓰인 팻말이 세워져 있었는데 'ㅇ'이 옆으로 넓적한 모양이어서 'ㅁ' 같아 보였다. 동생과 나는 그곳을 지날 때마다 '곰사줌'이라고 읽으며 낄낄거렸다. 산을 하나 넘어 내려가는 길은 개울이 나란히 흘렀다. 개울과 함께 내리막을 따라가다 보면 왼편에 버스정류장이 있고 오른편에는 개울을 건너 산으로 들어가는 작은 다리가 있었다. 이 다리를 건너면 경기도 광주군 퇴촌면 영동리 산 37번지, 우리 집이다.

　　다리를 건너서도 50미터 남짓 더 올라가야 했다. 가운데 아스팔트 길이 있고 오른쪽은 논, 왼쪽은 사과밭이었다. 산비탈에 지어진 집이라 길도, 밭도, 논도 다 경사가 져 있었다. 집 건너편에는 긴 창고건물이 있었다. 길은 산 위까지 이어졌지만 아스팔트는 집에서 끊겼고 그 위로는 흙길이었다. 집과 창고는 사과밭으로 둘러싸여 있었다. 사과밭 너머 위쪽으로는 밤나무도 있고 소나무도 있는 야산이었다.

나는 이곳에서 일곱 살이 되던 해 3월까지 부모님과 살았다. 어느 날, 나는 할머니와 언니들이 살고 있던 대구로 갔다. 집이 워낙 시골이라 우리 네 남매는 입학할 나이가 되면 비교적 교육여건이 좋은, 도시의 할머니집으로 보내졌다.

나는 언니가 둘, 남동생이 하나 있다. 여자 형제 중에는 유일하게 유치원을 다녔는데 나의 유치원 입학은 원래는 부모님의 계획에 없었던 것 같았다. 유치원을 다닌 첫날, 선생님이 반 아이들 앞에 나를 세워놓고 소개를 해 주었기 때문이다. 나는 정식으로 입학을 했던 것이 아니라 학기가 시작되고 조금 지나서 유치원에 입학했다.

우리 집은 근처에 가게 하나 없을 정도로 외진 곳이었다. 엄마는 평소에는 아빠 차를 얻어 타고 다녔지만 한 번씩 버스를 타고 혼자 장에 가기도 했다. 개울에서 놀고 있으면 엄마가 곱게 차려입고 버스정류장으로 가는 것이 보였다. 나는 엄마를 향해 소리치며 뛰어갔다.

"엄마, 나도 같이 가자!"

혼자 얼른 다녀오겠다는 엄마를 붙잡고 계속 떼를 썼다. 엄마는 결국 이기지 못하고 꼬질꼬질한 내 얼굴을 개울물에 대충 씻겨 같이 버스를 탔다. 버스를 타면 아빠 차와 타고 갈 때와는 많이 달랐다. 곧장 우리의 목적지로 가지 않고 이 마을, 저 마을 들르는 버스를 따라 구경거리가 많았다. 시장에 가면 엄마를 졸라 꼭 순대를 얻어먹었다.

개울을 건너면 집 아래로 논이 있었다. 논은 겨울이 되면 스케이트장이 되었다. 비가 오면 논에 물이 고여 얼고, 눈이 오면 그 위에 또 쌓였다 녹았다 얼었다를 반복하면서 훌륭한 스케이트장을 만들어냈다. 다만, 군데군데 벼를 잘라내고 남은 밑동이 얼음 위로 삐죽삐죽 튀어나와 있어서 잘 피해야 했다. 스케이트를 타다가 밑동에 걸리기라도 하면 얼굴을 얼음에 박기도 했다. 차갑게 얼은 몸이라 평소보다 더 아프기 때문에 밑동에 걸리지 않게 조심해야 했다.

썰매는 아빠가 직접 만들어주셨다. 길쭉한 나무판을 여

러 개 붙여 정사각형 모양으로 만들었다. 아래엔 나무로 다리를 두 개 붙이고 철사를 둘둘 감고 박아 얼음 위에서 잘 미끄러지도록 했다. 아빠는 썰매 말고도 직접 손으로 만들 줄 아는 것이 많았다. 맥가이버 같은 아빠가 너무 멋있었다.

아빠가 만들어준 얼음썰매를 가지고 동생과 나는 논 스케이트장으로 갔다. 범버카를 타듯이 동생과 일부러 부딪히기도 하고 뒤쫓기도 했다. 집에 갈 때면 바지가 다 젖었다. 엄마한테 혼날까 봐 옆집 아궁이 불 앞에 한참 앉아 바지를 말렸다. 우리 집 옆에는 빈집이 하나 있었는데 엄마는 무말랭이 같은 반찬거리나 빨래를 말리기 위해 그 집 아궁이에 불을 때곤 했다. 아궁이 불 앞에 앉아 있으면 얼었던 발이 간질간질했다.

창고와 집 사이의 경사진 아스팔트 길은 눈이 오면 눈썰매장이 되었다. 차도 다니고 사람도 다니는 길이라 아빠는 눈을 치워놓았다. 아빠가 치운 눈은 길 가장자리에 수북이 쌓였다. 동생과 나는 가장자리에 쌓아둔 눈을 꾹꾹 다져 눈썰매장을 만들었다. 비료 포대를 엉덩이에 깔고 눈썰매를 탔다. 한참 그러고 놀다 보면 잠바도 벗어 던지고 볼은 빨개졌다. 내 사진첩에는 그때 눈썰매장 앞에서 엄마가 짜준

분홍색 털모자를 쓰고 트실트실한 얼굴에 입술은 허옇게 터 있는 상태로 찍힌 사진이 있다.

창고 끄트머리에는 산에서 내려오는 작은 개울로 통하는 길이 있었다. 그 개울에서 엄마는 빨래를 했다. 여름이면 아빠와 일꾼 아저씨들은 등목을 하기도 했다. 개울은 천천히 흐르다가 창고 시작점 즈음에 작은 폭포처럼 뚝 떨어졌다. 폭포 아래는 우리가 버린 음식쓰레기들로 항상 더러웠지만 윗부분은 맑았고 물고기도 많았다. 종아리 정도의 깊이라 수영은 못했고 물고기나 가재를 잡으며 놀았다.

집은 두 채가 경사로를 따라 붙어 있었다. 윗집은 우리가 살았고, 아랫집은 다른 가족이 살다 나간 후로 비어 있었다. 그 가족은 우리 가족과 구성이 비슷했다. 큰언니와 비슷한 또래의 오빠가 있었고, 둘째 언니와 동갑인 미애 언니, 그리고 나와 나이가 같은 남자 아이 상호가 있었다. 친하게 잘 지냈는데 이사를 갔고 그 후론 한 번도 만난 적이 없다.

우리가 살았던 집은 두 집 중 경사로 위쪽에 있는 집이었다. 집은 경사로를 따라 길쭉하게 지어졌다. 문으로 들어가면 아궁이가 있고 오른편에 부엌이 있었다. 아궁이와 부엌 사이에 방으로 들어가는 문이 있었다. 방은 부엌 바닥에서 무릎만큼 높이 올라가 있어서 문 아래에 돌로 만든 계단이 한 칸 있었다. 계단을 밟고 들어가면 안방이고, 안방 오른쪽에 작은 방이 나왔다. 겨울에는 아궁이에 불을 피우고 안방에서 메주를 말렸다. 아빠가 나무로 메주걸이를 만들어 방 한쪽에다 두고 메주를 걸어 말렸다. 집안 가득 메주 냄새가 났다.

대여섯 살쯤 되었나. 어느 겨울날, 낮잠을 자고 있었다. 꿈에서 지붕이 없는 비행기를 타고 있었는데 갑자기 비행기에 불이 붙어 추락했다. 깜짝 놀라 잠에서 깨어나 보니 내 발 밑으로 이불에 불이 붙어 있었다. 아궁이의 불이 너무 세서 아랫목 장판이 시커멓게 그을리고 이불에까지 불이 붙은 것이었다. 꿈 덕분에 살았다.

과수원 너머 야산에는 가끔 군인 아저씨들이 훈련을 하러 왔다. 훈련을 하다가 집까지 내려와 물을 얻어 마셨다. 근처에서 쭈뼛쭈뼛하고 있으면 건빵을 주었다.

과수원에서 일하는 부모님 옆에서 참을 먹고 나면 그 빈 그릇으로 소꿉놀이를 했다. 사과 꼭지 따는 것을 돕기도 했다. 지루해지면 슬쩍 동생과 빠져나와 떨어진 밤을 주우러 다녔다. 주운 밤을 아궁이에 구워보면 대부분은 썩어 먹을 수가 없었다.

가끔 아빠가 만들어 준 낚싯대를 들고 다리 건너 큰 개울로 갔다. 낚싯대는 나뭇가지에 실을 달고 끝을 날카롭게 간 철사를 갈고리 모양으로 구부려 실 끝에 매단 것이었다. 낚시하기 전 수영을 해서 물속을 헤집어 놓았다. 흙탕물을 만들면 물고기가 우리를 못 보니 잘 잡힐 것 같았다. 하지만 그래도 물고기는 잘 잡히지 않았다. 낚싯대보다 맨손이나 바가지로 잡는 것이 나았다.

한참 놀다가 사과밭으로 가면 아빠는 나무에 달려 있는 사과를 따서 슥슥 옷으로 닦아 맨손으로 쪼개주었다. 동생과 나누어 먹고는 또 놀거리를 찾아다녔다. 집주변은 맨날 다녀도 맨날 새로웠다. 계절따라 모습이 바뀌기도 했지만 같은 계절 안에서도 매일이 달랐다. 얼음이 얼었다가 녹았다가 물고기가 잘 잡혔다가 안 잡혔다가, 못 보던 꽃이나 곤충들이 갑자기 보이기도 했다. 정신없이 다니다보면 어느새 집에서 한참 멀어져 있었다.

중학교 1학년때 부모님도 과수원을 정리하고 대구로 내려오셨다. 25년 여가 지났지만 초등학교 때 부모님께 썼던 편지의 주소가 아직도 기억에 남아 있다. 2021년 봄, 기억

속의 주소를 네비에 찍고 영동리 산37번지를 찾아갔다.

개울은 아스팔트로 덮였고 그 위에 주유소가 들어섰다. 논이 있던 자리에는 허브용품을 파는 가게가 생겼다. 창고 자리에는 소규모 워터파크가 들어섰다가 망해서 흉측한 모습을 하고 있었다. 우리 집 자리는 철조망으로 둘러쳐 '관계자 외 출입금지'라는 글씨가 큼직하게 써 있었다. 나는 관계자인가 아닌가 생각하다 허브용품 가게에 들어갔다.

"여기 땅은 왜 이렇게 버려져 있는지 혹시 아세요?"

"뭐하는 사람이길래 궁금해해요? 땅 보러 왔어요?"

"한 30년 전쯤에 여기서 살았었거든요. 우리 집이었는데 지금 왜 이렇게 되었나 궁금해서요."

"그래요? 장사하다 보니 이런 일도 다 있네. 옛날에 살았던 사람이 다 찾아오고."

아저씨는 워터파크가 망한 이야기, 땅을 개발하려고 누군가가 또 샀지만 부도가 났는지 더이상 공사가 되지 않고 방치되었다는 이야기를 한참 하셨다. 가게에서 모기를 쫓아준다는 향초를 두 개 샀다. 그리고 동탄 나의 집으로 돌아왔다.

73518

반 수 정

새로운 시작을 즐기는 도전자

결혼 후 첫 번째 집이었다. 3층짜리 건물의 3층에서 10년을 살았다. 소위 주인 세대라고 하는 곳이라 방도 3개이고 거실도 넓었다. 신혼집이 커서 친정엄마는 좋아했고, 시댁 식구 친정 식구들이 자주 놀러 와서 자고 가기도 했다. 장남에게 마련해준 집을 시아버지는 뿌듯해했다.

　거기서 우리 부부는 두 아이를 낳고 키웠다. 3층이라 만삭일 때는 계단을 오르내리기가 힘들었으나 한 번도 넘어지지는 않았다. 두 아이도 계단 오르는 것을 잘했다. 날씨가 좋을 때는 옥상에서 삼겹살을 구워 먹기도 했고, 시골집에서 데리고 온 토끼를 옥상에서 키우기도 했다.

방음이 잘 되었는지 마음이 좋은 사람들이라 그랬는지 층간소음으로 2층 사람들이 한 번도 불만을 표시하지는 않았다. 1층 103호 아주머니가 부침개를 구워 주기도 하고, 202호 할머니가 텃밭에서 키운 대파, 양파를 주었다. 101호 할머니는 우리 아이들에게 절에서 가져온 간식을 주기도 하고, 203호 아저씨는 태평양 화학을 다닌다고 가끔 녹차를 주기도 했다. 나는 감사의 마음에 포도나 사과를 주었다. 그렇게 우린 서로 뭔가를 주고받았다.

1층과 2층에는 총 7가구가 살았다. 7가구 중 어떤 집도 전세 계약서를 두 번 써 본 적이 없다. 입주할 때는 기한이 2년인 전세 계약서를 썼으나 4년이나 6년, 길게는 8년 그냥 살았다. 나도 재계약을 말하지 않았고 그들도 말하지 않았다. 계약서를 다시 써야 하는 줄도 몰랐다. 26살의 나이 어린 새댁은 무지했었다. 당연히 전세금은 그대로이고 계약서 종이는 TV 아래 서랍장에서 누렇게 변하고 있었다.

수도 요금이 나오면 건물 전체 인원수로 나누어서 수금해야 하는데, 그걸 계산하는 걸 미루었다. 퇴근하고 집에 오면 아이들과 놀이시간을 보내고 저녁 먹고 재우기에 바빴다. 일단 내 통장에서 수도 요금이 인출되고 두 달, 석 달 한

꺼번에 정산할 때도 많았다. 아래층 사람들 대부분 그냥 주었으나 가끔 2층 할머니는 왜 한꺼번에 걷냐며 불평했다. 수도 요금 걷으면서 죄송하다고 쓰고 1층 현관에 정산 종이를 붙여두었다.

3층에 있던 우리 집은 여름에는 지붕 위 햇빛을 그대로 받아서 더웠다. 아기 봐주던 동네 언니는 왜 여름에 보일러를 켜냐고 물을 정도였다. 나중에 에어컨을 샀지만, 전기세가 아까워서 많이 켜지는 않았다. 한쪽 벽면은 옆집 원룸과 붙어 있었으나 나머지 삼면이 외벽이라 겨울에는 추웠다. 화장실에는 히터를 틀어놓고 샤워를 해야 했다. 아파트 욕실은 따뜻할 거라 상상하며 친구네 아파트를 부러워했다.

그 일대가 도시가스 공사하기 전까지 보일러는 기름보일러를 사용했다. 주방 쪽 베란다에 있는 기름통 눈금을 확인하고, 주유소에 경유를 주문해서 배달시켰다. 겨울에는 특히 자주 확인해야 했다. 보일러가 안 돌아가는 걸 뒤늦게 알고 한밤중에 경유를 주문하기도 했다.

아래층 누군가 이사 간다고 하면 세입자를 구하기 위해 전봇대에 빈집이 있다고 종이에 써 붙였다. 종이를 많이 만들어 붙일수록 연락이 많이 올 것 같았다. 종이 개수와 달리 아무도 연락이 오지 않아 비워 둘 때도 있었다. 그럴 때는 마음이 조마조마했고 집을 마련해준 어른들을 원망했다. 전세금을 내주기 위해 여기저기 돈을 빌려야 하고 빌린 돈의 이자를 계산하는 일이 싫었다. 아기 봐주던 언니와 동네 아주머니들은 나이 어린 새댁이 큰 건물 관리를 제대로 못 할 것 같다며 걱정 반 수다 반 했다.

그 집은 번지수가 735-18이다. 지금은 도로명과 간단한 숫자가 주소이지만 그때는 무슨 동 뒤에 긴 숫자가 조합되어 있었다.

여윳돈으로 집을 마련한 게 아니라서 어려움이 많았다. 시아버지가 땅을 샀고 집을 지은 후 이사 온 세입자의 전세금은 건축업자가 건축비로 가져가는 구조였다. 그래서 이사 나간다는 사람이 있으면 어렵게 전세금을 마련해 주어야 했다. 대출을 많이 받았다. 은행에도 빌리고 시누이에게도 빌리고 옆 반 선생님한테도 돈을 빌렸다.

그래서 큰 건물을 가진 사람이 모두 부자가 아니라는 것은 그때 알았다. 26살 나이 어린 맞벌이 부부에게 그 집은 옮길 수 없는 짐과 같은 존재였다.

시어머니는 그 집에서 아들 둘 낳고 건강하게 잘살고 있는 일을 반복해서 이야기하며 그 집의 여러 가지 불편한 일을 덮었다. 수시로 대출해서 돈을 마련해야 하는, 무거운 것이 있어도 3층까지 계단으로 들고 올라가야 하는, 아래층의 세입자가 보일러가 고장 났다고 연락하면 조마조마했던, 추위와 더위의 계절이 확연히 느껴지는 집안의 공기를 시어머니는 모른다. 시어머니의 뜻과 상관없이 난 아파트에서 살고 싶었다.

대출하는 게 너무 힘들어 부동산 중개소에 집을 팔고 싶다고 말했으나 중개소 사장은 어차피 안 팔린다고 관심을 두지 않았다. 그렇게 10년을 살다가 집값이 폭락하던 2008년 어떤 건축업자가 우리 집을 저가로 매입했다. 우리 집 세대들의 낮은 전세금과 세계적 금융위기는 아마도 매입자에게는 최적의 조건이었을 것이다. 우리에겐 저가, 고가가 중요하지 않았다. 그냥 그 집을 처분하고 싶었다.

3층 건물을 팔았으나 우리에겐 남은 돈은 겨우 아파트 전세금밖에 되지 않았다. 우린 아파트로 이사를 했고 엘리베이터와 커다란 주차장을 쓰고 관리비라는 것을 내고 살게 되었다.

첫 집의 기억보다 새집으로 가는 설렘이 더 컸다. 우린

735-18번지를 잊었다. 잊고 싶었다. 전세금을 대출해서 마련해야 하는 스트레스, 수도세를 걷어야 하는 수고로움, 세입자가 찾아와서 전등을 교체해 달라는 부탁을 생각하지 않아도 되었다. 여름에는 덥고 겨울에는 춥던 생활도 끝낼 수 있었다.

아파트로 갔더니 현관문부터 스마트 도어락으로 되어 있었다. 스마트했다. 현관문 비밀번호를 정해야 했다. 숫자가 마땅하지 않아 73518을 현관 비밀번호로 썼다. 이메일 계정에도 우리는 73518을 숫자 조합에 넣었다. 숫자의 의미도 몰랐던 우리 아이들은 자신들의 이메일 계정 비밀번호에 73518을 넣었다. 지금은 휴대전화 잠금장치, 직장 메신저 비밀번호, 아파트 택배 보관함 번호, 1층 공동현관 비밀번호에 73518이 들어가 있다. 우리 집에서는 73518이 흔한 숫자였다.

그렇게 해서 우리에게 735-18이 마음속에 남게 되었다. 나와 달리 아이들은 이제 그 숫자의 의미도 모른다 했다. 그 집의 기억을 잊고 싶어도 잊을 수 없다. 살다가 튀어나오는 73518이라는 숫자에 혼자 웃음이 났다. 이제 그 숫자는 우리 가족을 대표하는 숫자가 되어 버렸다.

2층 끝방

서 형 운

내가 보는 걸 보여주고 싶어서 글을 쓰는

2층 끝방에서 러닝머신을 타고 달린다. 달리면서 창 너머로 보이는 산을 바라본다. 산을 자세히 보면 다 같은 초록잎을 가진 게 아니다. 어떤 나무는 밝은 새싹의 색이고 어떤 나무는 살짝 어두운 초록색이다.

그러나 멀리서 볼 때는 하나같다. 서로 같은 공간에서 하나가 되어 바람을 맞는다.

나랑 아빠와는 전혀 다르다. 아빠와 나는 똑 닮은 얼굴을 가졌지만 같이 살 수 없었다.

이 방은 3년 전, 아빠의 방이었다.

엄마와 아빠는 내가 중학교 3학년일 때 이혼했다. 엄마는 미안하다고 말하며 날 안았고 아빠는 한숨만 쉬었다. 난 둘의 이혼에 슬프지 않았다. 하지만 엄마가 슬퍼 보여서 웃을 수 없었다.

중학교 1학년 때부터 아빠가 싫었다. 첫 시작은 신발장 앞에서였다. 나는 늘 아빠가 신발장에서 신발을 벗을 때면 숨어 있다가 놀래켰다. 그런데 아빠는 평소와 달리 나를 향해 소리쳤다.

"X발, 깜짝이야, 뭐야!"

처음으로 아빠의 욕을 들은 날이었다. 단순히 놀라서 나온 욕이 아니었다. 그 이후로 몇 달 후 엄마와 아빠의 사이가 점점 안 좋아졌다. 이유는 제대로 들을 수 없었지만 거실에서 조금씩 들려오는 싸움 소리로 내용을 알 수 있었다. 언니의 대학 문제와 내가 예술고교를 가고 싶어 하는 문제 때문이었다. 그러다가 이혼 얘기가 나오면 아빠는 엄마에게 말했다.

"난 애들 책임 못 져. 내 노후는 어떡해! 양육비도 안 줄 거야."

그날 이후로 두 사람은 대화로 잘 풀었는지 더는 싸움이 없었다. 그러다 중학교 2학년 겨울이던 어느 날, 아빠가 2층 끝에 있는 아빠의 방으로 불렀다. 방바닥에는 떨어진 머리카락과 먼지가 카펫처럼 깔려 있었다. 담배 냄새가 났다. 그것을 감추려고 향을 피웠는지 향 냄새가 더 독하게 났다. 아빠는 날 보더니 침대에 앉으라고 하고 말했다.

"너 진짜로 예고 가고 싶어?"

나는 고민하다가 지독한 향내를 한 번 들이마시고 말했다.

"난 영화가 찍고 싶은데 그걸 제대로 가르치는 곳에서 배우고 싶어. 일반고에선 제대로 배울 수 없잖아."

아빠가 한숨을 쉬자 담배 냄새가 났다.

"그냥 좀 포기하면 안 되냐?"

아빠를 증오할 정도는 아니다. 하지만 좋냐고 물어보면 고개를 끄덕이지 못한다. 미운 것도 아니다. 난 아빠가 싫다.

지금 사는 집은 내가 돌 때부터 살던 집이다. 내게 집이란 기억은 이 집 하나뿐이다. 나의 고향이고 한 번도 떠난다는 상상을 한 적이 없다. 그러나 아빠는 아니었다. 아빠는 사업자금을 위해서 집을 담보로 빚을 만들고 그걸 비밀로 했다. 이사 가면 된다는 식으로 쉽게 말했다. 그리고 몇 차례 싸움 끝에 결국 엄마와 아빠는 이혼했다.

아빠는 이혼 후 집을 나갔고 2층의 끝방에는 침대와 책상, 아빠가 두고 간 물건만 있었다. 들어가면 퀘퀘한 아저씨 냄새와 아로마 향이 섞인 냄새가 났다. 난 그 방문이 열려 있으면 문을 닫았다.

석 달 뒤, 폭염주의보가 내린 여름에 아빠가 짐을 가지러 왔다며 트럭을 끌고 왔다. 나와 언니에게 도와달라고 말했다. 솔직히 도와주기 싫었다. 하지만 집에서 아빠의 흔적을 지우는 거라 생각하고 아빠를 도왔다. 아빠는 치우면서 우리의 안부를 물었다. 난 잘 지낸다고 웃으며 말했지만 그냥 아무 말 하지 말고 치우면 안 되냐고 묻고 싶었다.

책상을 분해하고 많은 책들을 들어서 옮겼다. 허리가 아프고 손이 빨개졌다. 아빠 냄새가 나는 물건들을 안아서 옮기니 내게도 아빠 냄새가 났다. 아빠를 바라봤다. 땀을 흘리며 일하는 아빠 모습이 힘들어 보였다. 웃고 있지 않았다. 그런데 왠지 그 모습이 행복해 보였다.

아빠는 짐을 다 싣고 다음에 보자고 말하고 떠났다. 2층 끝방에는 이제 아빠의 물건이 없었다. 물건은 없지만 여전히 그 퀴퀴한 냄새는 남아 있었다. 난 문을 닫으려다가 들어가서 창문을 열었다.

그 뒤 그 방을 엄마와 함께 운동기구로 채웠다. TV도 그 방으로 옮겼다. 운동하면서 TV를 보기 위해서였다. 운동기구를 옮기다 보니 먼지도 나서 계속 창문을 열었다. 물티슈로 창틀도 닦았는데 담뱃재가 물티슈에 묻어 나왔다. 더 열심히 닦고 창문을 계속 열어두었다.

3년이 지난 지금은 방에서 나던 냄새도 사라지고 우리도 그 방에 자주 들어가 운동을 해서 아빠 냄새가 다 사라졌다. 그냥 우리 집 냄새가 난다.

아빠가 집에 있을 때는 큰소리로 웃거나 같이 집에서 논 기억이 없다. 집은 쉴 수는 있지만 편하지는 않은 곳이었다. 그런데 아빠가 나가고 엄마와 언니, 나는 편하게 옷을 갈아입는다. 서로 우스꽝스럽게 입은 걸 보여주기도 하고 큰소리로 웃는다. 예전에는 같이 식탁에서 밥을 먹을 때에도 늘 각자 핸드폰을 봤다. 몇몇 대화만 나누었는데 이젠 영화 하나를 골라서 같이 보고 웃으며 먹는다.

중학교 3학년 겨울, 2층 언니 방에서 노트북으로 지원했던 계원예고 합격자를 조회했다. 난 합격했고 기뻐서 소리

질렀다. 엄마는 1층 거실에서부터 뛰어 올라왔고 우린 서로 부둥켜 안고 울었다. 엄마는 아빠에게도 알려주라고 했다. 아빠가 과연 축하해줄까? 아빠한테 말했다가 안 좋은 소릴 들으면 어떡하나 여러 생각이 들었다.

학원을 가면서 문자를 보냈다. 아빠의 답은 다음날이 되어서야 왔다.

'어휴, 돈 나갈 일 늘었네.'

그 뒤 나는 아빠한테 먼저 연락하지 않았다. 외할아버지, 외할머니는 아빠한테 잘하라면서 자주 연락하라고 말한다. 나는 그때마다 고개만 끄덕일 뿐이다. 아빠가 먼저 연락해서 보자고 말하면 알겠다고 만난다. 만나면 용돈을 주기 때문이다. 그러나 한 번도 보고 싶지 않았다.

아빠는 우리가 사는 전원주택 마을 안까지 들어오지 않는다. 왔다는 연락을 받으면 나는 집을 나와 마을 입구까지 걸어간다. 아빠는 팔을 벌린다. 그러면 난 웃으면서 아빠 품에 안긴다. 아빠의 까칠한 수염이 내 이마에 닿는다. 따갑고 때로는 닭살이 돋는다. 그래도 나는 입꼬리를 한껏 올린다.

다행히 아빠는 우리가 사는 집안까지 절대 들어오지 않는다. 아빠는 더이상 집에 자기 공간이 없다는 걸 안다. 어쩌면 아빠는 자신의 공간은 집 밖에 있다고 생각했을지도 모른다. 그래서 짐을 챙길 때 행복해 보였던 것 같다.

내 마음에도 아빠의 자리가 사라졌다. 아빠는 이 사실을 모른다. 그러나 난 아빠의 마음에 내가 들어갈 자리가 없다는 걸 안다.

2층 끝방에서 러닝머신을 타고 달린다. 다 달린 다음엔 창문을 연다. 상쾌한 공기가 불어온다. 이 방은 아빠의 방이 아니고 내가 운동하는 공간이다. 이 집에 아빠의 공간은 없다.

책상을 분해하고 많은 책들을 들어서 옮겼다.
허리가 아프고 손이 빨개졌다. 아빠 냄새가 나는
물건들을 안아서 옮기니 내게도 아빠 냄새가 났다.
아빠를 바라봤다. 땀을 흘리며 일하는 아빠 모습이
힘들어 보였다. 웃고 있지 않았다. 그런데 왠지
그 모습이 행복해 보였다.

나의 집들은 이렇게 추억이 되었다

윤 을 순

꿈을 현실로 빚어내기 위해
끊임없이 도전하는 삶의 도예가

얼마 전에 오랜 벗이 나의 14번째 집에 놀러왔다.

"이번 집은 1층이라 아파트 정원이 선배 집이네. 그래서 그런가 여유가 느껴져요."

나는 대학 졸업 후 IMF 때 계속된 비정규직 생활을 청산하고 결혼했다.

나의 첫 집은 시댁 2층이었다.

IMF는 당시 무섭게 치솟던 집값을 단박에 폭락시켰고 오랫동안 관행이었던 기존 세입자가 퇴거할 때 새로운 세입자로부터 받은 전세금으로 보증금을 반환하는 전세 방식을 무력화시켰다.

사실 나는 결혼을 준비하면서 전세가는 물론 예식장과 신혼여행 그리고 각종 살림살이 가격이 저렴해서 IMF 상황을 즐겼다. 시댁 2층에 살던 세입자의 퇴거 통보로 인해 IMF가 내 일처럼 느껴지기 전까지는 말이다.

시어른들은 예전처럼 새로운 세입자를 통해 전세 보증금을 돌려주려 했으나 전세가가 떨어졌을 뿐더러 그나마 들어오겠다는 세입자도 없어 난감해했다. 대책 없이 하루하루가 지났다. 결국 시댁 2층 세입자에게 우리가 마련한 전세 자금을 주고 문제를 해결했다.

침실 1개, 주방 그리고 작은 거실. 12평의 신혼집은 출퇴근 시간이 왕복 5시간이란 것 빼고는 충분했다. 4개월 동안 시어머니는 일찍 출근하는 며느리를 위해 아침을 준비했다. 시어른들의 사랑과 동시에 책임감이 생기는 시기였다. 시댁 가까운 곳으로 발령이 나지 않아 직장 근처로 두 번째 집을 얻었다.

"OO 주인이시죠. 세입자예요. 갑작스레 발령이 나서 계약 기간을 채우지 못하고 이사를 나가야 해서요. 계약 기간이 6개월 남았으니 저희가 세입자를 구하고 나갈게요."

"아뇨. 그쪽 사정도 딱하지만 계약대로 해주세요. 죄송합니다."

주인은 내 이야기가 끝나기도 전에 전화를 끊었다. 시댁에 살 때 발령을 신청했으나 3월에 나지 않아 이사했는데 갑자기 이사 온 지 6개월 만인 9월에 발령이 난 것이었다.

"선배, 제가 지금 살고 있는 집이 계약 기간이 끝나서 살 집을 구하고 있었어요. 제가 들어올게요. 새 학기 전에 얼른 집 구하세요."

죽으란 법은 없는지, 며칠 전에 우리 집에 왔던 후배가 계약 기간이 안 끝난 우리 집에 들어오겠다고 했다. 집주인의 허락 없이 나는 후배에게 전셋집을 내주고 세 번째 집을 구했다.

세 번째 집은 16평의 작은 아파트였다. 소파를 둘 공간이 없어 장롱에 기대고 TV를 보았다. 전세 기간이 예전과 달리 2년이었으나 세입자의 2년은 빨랐다. 재계약일이 되면서 새로운 집을 알아봤다.

네 번째 집은 소파를 놓을 수 있는 거실이 있는 집으로 이사했다. 결혼한 지 4년 만에 내 집에 흰색 커튼을 달고 흰색 가죽 소파를 들여놓았다. 이만하면 제법 신혼집 분위기도 나고 더이상 바랄 것이 없었다. 퇴근 후 집에 돌아와 소파에 앉아서 멍하니 밖을 내다보다 남편이 돌아올 시간이 되면 저녁을 준비했다. 남편이 늦는 날이면 찌개를 끓이고 또 끓였다. 이만하면 되는 거 아니야, 생각했다.

한·일전 월드컵으로 '오! 필승 코리아'를 외치던 때 주택가격은 폭등했다. 연일 TV나 신문에는 부동산이나 주식 기사가 도배되었고, 가까운 지인 중에도 부동산으로 돈을 벌었다는 사람들이 생겼다.

"여보. 지금 전세금이라도 빼서 종잣돈을 마련하지 않으면 집 살 기회가 영원히 없을지도 몰라. 회사에서 싸게 아파트 전세를 준다니까 전세금을 빼서 종잣돈을 마련합시다."

남편이 말했다.

"생활비 아끼고 자기 월급 내 월급 저축해서 나중에 사면 되잖아. 나는 여기가 좋아."

얼마 뒤 나는 남편 말에 따라 흰색 소파를 버리고 다섯번째 집으로 이사했다.

2006년 드디어 종잣돈을 쓸 날이 왔다. 혹시나 모를 청

약 당첨에 대비해 더 작은 집으로 이사해서 계약금을 마련했다. 불행인지 다행인지 우리에게 계약금을 쓸 기회는 오지 않았다. 대신 오랫동안 기다리던 아들이 태어났다.

나는 아들이 태어나면서 더 넓은 집도, 돈 되는 집도 아닌 아이를 위한 집을 생각했다. 언니가 살던 동네가 좋아 보였다. 언니는 한 곳에 오랫동안 살아서 동네 어른들과 교류도 많았고 조카들도 커서 아이를 안전하게 키울 수 있는 최적의 곳이라는 생각이 들었다.

역시나 직장은 멀었다. 언니네 동네에서 6년을 살았다. 덕분에 아들은 동네 어른들의 사랑 속에서 잘 자랐다.

그리고 아들이 7살이 되면서 직장 근처 시골 동네로 다시 이사했다. 이곳은 여기저기 이동식 전원주택이 많다. 대중교통은 한 시간에 한 대뿐인 마을버스가 전부였다. 눈이 오면 학교가 문을 닫고 동네 아이들이 친구 집으로 우르르 몰려가 눈싸움도 하고 눈썰매를 탔다. 이상한 동네였다.

우리 집은 주인이 1층에 살면서 2층을 개조해 전세를 놓은 집이었다. 방 2개, 화장실과 주방 그리고 독립된 작은 정원이 있었다. 나는 작은 정원에서 주말마다 이웃을 초대해 바비큐 파티를 했다. 그들과는 집값을 들먹이는 대신 고양이 밥을 이야기했고, 옷본을 나눌 사람을 찾았다. 이상하고도 즐거운 동네였다.

뒷산에 포크레인이 나타나고 눈썰매를 타던 공터에 집들이 들어서면서 우리 집 주인은 1층에 치킨 가게를 열었다. 창문을 열면 상쾌한 공기 대신 치킨 냄새가 올라왔다. 나는 새로운 집을 찾아 그곳을 나와 12번째 집으로 이사했다.

결혼 생활 28년 동안 13번 이사했다. 지금 사는 집은 14번째 집이다. 집의 형태도 다양했다. 주택은 물론 아파트, 빌라, 전원주택 그리고 지하에 있는 집까지 여러 형태의 집들을 섭렵하며 살았다. 그래서일까, 지금까지의 나의 삶도 단조롭지 않았다. 앞으로 더 다양한 삶을 살아가길 소망한다. 나에겐 다시 15번째 집이 있다.

머물 곳을 잃은

이 솔

날기 위해서 누구보다 천천히 뛰고 있는

집에 가고 싶다. 병원에서 입원한 내내 드는 생각이었다. 항암 치료와 조혈모세포 이식 과정은 괴로웠고, 병원 생활은 불편하고 갑갑했다. 왼팔에 단 링거 때문에 자유롭게 움직일 수 없었다. 매일 새벽 3시에 깨어 채혈을 해야 했고, 이뇨제 때문에 밤새 화장실을 들락거려야 했다.

병원에서 주는 밥은 도저히 먹을 수 있는 맛이 아니었다. 5인실에서 나를 빼면 전부 어르신들이었고, 생명과 직결되는 콧줄이 불편해 빼내려는 어르신과 막으려는 간병인의 실랑이가 낮밤을 가리지 않고 종종 생겼다. 그런 와중에도 나는 폐를 끼치지 않도록 조심해서 움직여야 했다.

병원 안에서 할 수 있는 것도 많지 않아서 매일 비슷하고 무료한 일과를 반복했다. 집으로 돌아가면 그 모든 답답한 굴레에서 벗어나 마음 편히 지낼 수 있을 것이라 기대하면서 퇴원하는 날만을 기다렸다.

2023년 8월 말에 입원해 9월에 조혈모세포를 이식받고 10월에 퇴원했다. 50여 일 만이다. 이식 과정에서 거부반응을 막기 위해 내 면역력을 완전히 제거했기 때문에 한동안 집에 있어야 했지만, 아무래도 상관없었다.

집은 병원과 다르게 침대가 푹신하고, 움직임을 방해하는 링거도, 눈치 볼 사람도, 잠을 깨우는 채혈과 이뇨제도 없다. 항암제 때문에 미각이 조금 이상해지기는 했지만 집밥은 맛있게 먹을 수 있다.

내 방 안의 책과 노트와 잉크와 노트북만 있으면 몇 시간이고 방 안에 앉아 있을 자신이 있었다. 답답하면 운동도 할 겸 산책을 하고 오면 된다. 간만에 집에 돌아온 나는 내 방의 편안함을 만끽하면서 잠시간 여유롭게 면역력의 회복을 기다리면 되겠다고 생각했다.

하지만 면역력이 돌아오기까지는 생각보다 많은 시간을 필요로 함을 뒤늦게 알았다. 이식 코디네이터 선생님 말로는 평소처럼 먹어도 괜찮고, 외출해도 될 만큼 면역력이 돌아오는 것은 대개 이식 6개월 차부터라고 하셨다. 온라인 환우 모임에서 만난 어떤 사람은 4개월 차에 그렇게 되었다고도 했다.

그사이 집은 점점 감옥처럼 느껴지기 시작했다. 하루 대부분을 집에서 보내는 것이 갑갑하게 느껴졌다. 산책을 나가기는 하지만 매번 같은 풍경을 보며 걷는 것이 즐겁지는 않았고, 어머니와는 내 생활 방식, 그중에서도 먹을 것에 대한 문제로 자주 부딪혔다.

나는 퇴원 환자 매뉴얼이 허락하는 범위 안이면 괜찮다고 여겼다. 하지만 어머니는 매뉴얼만으로는 마음이 놓이지 않으셨는지 그 안에서도 식품첨가물의 악영향이나 혹시 모를 항암제와의 반응, 암에 좋은지 안 좋은지까지 고려하며 범위를 좁히셨다.

안전 우선인 것은 나도 이해하지만, 안 그래도 먹을 수 있는 것이 많지 않은데 '이건 먹지 마라'는 말을 계속 듣는 것이 그리 유쾌하지는 않았다.

나는 어릴 때부터 집이 편한 동시에 집 밖으로 나가고 싶은 열망이 강했다. 백혈병 때문이 아니라 초등학생 때부터 따돌림을 당했던 탓이다.

나는 어릴 때부터 또래들 사이에서 겉돌고 집에서만 지내는 생활을 했기 때문에 또래에 대한 동경이 있었다. 다른 아이들처럼 다 함께 어딘가 놀러 가거나, 맛있는 것을 사 먹거나, 술 한 잔 하면서 왁자지껄 떠들고 싶었다. 특히 면역력이 돌아오기만을 기다릴 때, 나는 인스타에 올라오는 또래들의 나들이 사진을 볼 때마다 부러웠고 그럴 수 없는 내 처지에 좌절했다.

너무나도 외로웠다. 투병 생활 동안 내게는 얼굴 보며 이야기할 수 있는 사람이 가족과 의료진 말고는 없었다. 집에서 지내며 나는 고독에서 오는 자유를 만끽할 수 있었지만, 고독이 과하면 고립이 된다는 것도 알았다. 마치 내가 고탑에 갇혀 세상과 떨어져 있는 라푼젤 같았다. 다만 그때 나는 머리카락이 라푼젤처럼 길기는커녕 항암 치료로 전부 빠졌다는 것이 다를 뿐이었다.

사람들과 만나고 싶었다. 혹여 사람들과 어울리다 내가 마음에 상처를 입어도 기꺼이 받아들일 수 있을 거란 기분마저 들었다. 그렇지만 그때 내가 할 수 있는 것은 오직 이식 6개월째가 되는 3월이 하루빨리 오기를 기다리는 것뿐이었다.

이듬해 2월 말, 외래 진료에서 면역력이 좀 돌아왔다며 외출과 먹을 것에 대한 제한을 좀 풀어도 될 것 같다는 진단을 드디어 받았다. 개강만 하면 집을 나서서 학교에 갈 수 있게 된 것이다. 어머니는 그 진단을 들은 내 표정이 투병 생활 중 가장 환했다며 나를 놀리셨다.

나는 다시 만날 사람들과 새로 만날 사람들에 대한 기대에 부풀어 개강 날만을 손꼽아 기다렸다. 아프기 전에는 학점과 경제적인 자립, 동아리를 모두 챙기느라 정작 사람들과 제대로 놀 여유를 내지 못했다.

그 때문에 과나 동아리 사람들은 나를 매사에 열심이고 마음씨 좋은 사람이라고 여기지만, 그 이상으로 친해지지 못했던 아쉬움이 있었다.

그 아쉬움을 풀고 싶었다. 반갑게 맞아주는 과와 동아리 사람들을 보면서 이제 나는 휴학생이니 좀 여유롭게, 새로운 사람들을 사귀고 놀러도 다니며 청춘을 즐기면 될 것이라 생각했다.

하지만 막상 사람들 속으로 뛰어들고 보니 일이 생각대로 흘러가지는 않았다. 내가 아는 사람들 대부분이 군대를 가거나 졸업하는 등 학교를 떠나서 아는 사람들이 거의 남지 않았다. 거의 0에서부터 관계를 다시 쌓아가야 하는데 그것이 낯을 가리는 내 성격상 쉬운 일은 아니었다.

이식 후 쉽게 피로해지는 탓에 학교에 얼굴을 자주 비추는 것도 어려웠다. 매일 학교에서 마주치는 재학생들과 다르게 나는 드문드문 와서 그런가, 사람들은 자기들끼리 친해져 있었다. 내가 끼어들어 사람들에게 다가갈 틈이나 기회를 찾을 수 없었다.

동아리방에 머무는 시간은 늘어갔지만 관계에 진전은 보이지 않았다. 나는 물 위의 기름처럼 녹아들지 못한 채한 발 물러서서 다른 사람들의 대화를 듣고만 있었다. 계속 그러고만 있는 것이 불편했다.

학교에서 집으로 돌아오는 전철 안에서 나는 왜 관계에 진전이 없는지, 그날 했던 말과 행동을 복기했다. 이러려고 내가 학교에 온 게 아닌데 싶다가도 집에만 있는 것보다야 낫지 하고 다음 날 다시 학교에 가기를 반복했다.

그러다 어느 순간 사람들과 친해지려는 시도가 부질없다는 생각이 들기 시작했다. 서로 마음이 통해야 친해지지, 내가 일방적으로 다가간다고 친해지는 것이 아니라는 것을 뒤늦게 떠올렸기 때문이다.

낙담하던 와중에 병원에서 다시 입원하라는 지시가 떨어졌다. 재발 가능성이 의심되어 정밀검사가 필요하다는 이유에서였다.

다행히 골수는 깨끗했고 유전자 검사도 이상이 없다고 했다. 이번에도 늘 그렇듯이 병원은 불편했고 이번엔 자기들끼리 친해진 장기 입원 환자들의 보호자들이 병실에서 대놓고 떠들기까지 했다. 그만큼 집이 너무나도 간절했다.

마침내 기다리던 퇴원 판정을 받고 집으로 돌아왔고, 나는 집의 편안함을 만끽했다. 하지만 학생회 인스타그램에 학교 축제 사진이 올라온 것을 보고 말았다. 부러움에 마음속에 먹구름이 드리워졌다. 가면 되잖아 생각했지만 함께할 사람이 떠오르지 않았기 때문이다.

병원은 몸도 마음도 편할 수가 없는 곳이고, 집은 안락하지만 마냥 계속 머무르기에는 마음 한구석이 찜찜했다. 나가야 한다는 마음의 고집을 따라 학교를 갔지만 바라는 것을 얻을 수는 없었다. 그래도 갑갑한 집에만 있을 수는 없는데.

마음은 집을 나서려 하지만 정작 어디로 가야 할지는 모른다. 분명 몸이 집에서 편안히 있지만, 마음은 이곳저곳을 정처 없이 떠돌고 있다.

부자가 되는 법

vs

부자로 사는 법

이 현 지

변화, 탐험, 모험을 좋아하는
에너제틱형 개척자

나와 남편은 딱히 집을 사야겠다는 생각을 하지 않았다. 당시 양가에서 집을 사주실 상황이 안 되기도 했거니와, 목돈이 있어도 우리가 하고 싶은 일에 투자하는 게 낫다고 생각했다. 우리는 각자 회사를 다니면서도 투잡으로 여러 가지 사업을 시도했다.

　주말이면 둘이서 아이디어를 내고 기획하고 회사를 꾸렸다. 이후 IT 벤처회사를 차렸을 때도 남편은 본인이 다니던 회사를 그만두지 않은 채 나를 지원했다. 우리의 경제적 자유를 위해서 말이다. 우리는 잘살 거라는 어떤 확신이 있었다. 목표를 향해 나아가는 삶이 주는 안도감 같은 것이 마음속에 늘 존재했다.

우리는 젊었고 바쁘게 살았다. 비록 집은 없었지만 마음은 부자였다. 우리에겐 일에 대한 꿈과 그것을 해낼 수 있다는 자신감이 있었다. 그즈음 우리가 만든 서비스가 대기업에 매각되기도 했으므로 더욱 그랬다.

목돈이 생겼지만 우리는 집을 살 생각을 하지 않았다. 몇 년 후 아이들이 태어나고 2년에 한 번씩 전셋집을 옮겨다녀야 했지만 크게 수고스럽지 않았다. 인테리어를 좋아하는 나는 새로운 집으로 옮겨 꾸미고 사는 것도 재미있었다.

집이 없는 것이 부끄럽거나 불편하지 않았다. 아이들이 자라면서 차차 학군을 고려하고 아이들의 교우관계를 생각해야 할 무렵, 나는 '우리 집'이 있으면 좋겠다고 생각했다. 더이상 이삿짐을 싸지 않아도 되고, 나름 투자 가치가 있어 재산을 불리기에도 좋은 그런 집 말이다.

그러나 남편은 반대했다. 그는 집에 빚을 깔고 앉게 되면 자금 운용할 기회를 놓친다고 했다. 부동산 거품도 곧 빠질 거라고 했다. 얼마 후 남편이 해외 주재원으로 발령이 나서 외국을 나가게 됐을 때 나는 조금 무리를 해서라도 집을 사놓고 가고 싶었으나 역시나 남편의 반대로 무산됐다.

3년여의 주재원 생활을 마치고 한국으로 돌아와서 보니 집값은 우리가 이젠 따라갈 수 없는 가격으로 올라 있었다. 거의 두 배 차이가 났다. 2022년 가을이었다. 남편의 주장이 고집으로 생각되었고, 내 집을 갖는 것은 꿈속에서나 가능하겠다는 막연한 두려움이 생기기 시작했다.

우리는 자주 다퉜다. 시작은 언제나 나였다. 친구나 지인들 모임에 나가면 모두 아파트 값만 이야기했다. 평수를 넓히느라 갔는데 값이 얼마가 올랐다, 애들 때문에 간 것뿐인데 거기가 그렇게 가격이 올랐다는 등. 갭투자를 한 이들도 적잖았다.

열심히 일하고 살아온 나에 비해 그들은 아파트 한 채 갖고 있다는 것만으로 나와 부의 격차가 벌어졌다. 그런 말을 듣고 오면 남편에게 좋은 말을 할 수 없었다. 집의 소유가 부의 척도처럼 보이기 시작했다.

나는 집을 갖고 있는 사람들이 부러웠다. 상대적 빈곤감으로 자존감에 상처가 나고 남편과 불화가 몇 달 동안 계속됐다. 끝없이 들어가는 교육비와 최고치를 경신하는 부동산 가격의 무거운 안개 속에 매몰되어 벗어날 수가 없었다. 행복, 충만, 여유 등의 단어들이 내겐 요원해 보이기만 했다.

어느 날, 내가 이 번뇌에서 빨리 벗어나지 않으면, 내 집을 갖게 될 어떤 시기가 올 때까지 나는 절대 행복할 수 없겠다는 공포가 밀려왔다. 그러다 우연히 고 정기용 건축가의 '나의 집은 백만 평'을 보게 됐다.

"내가 산책하는 곳, 내가 집에 들어올 때 걸어 들어오는 골목, 내가 오르는 산, 호수, 내가 들르는 도서관이 모두가 내 삶의 동선이고 나의 집이다. 집은 단지 30평, 60평, 100평 이란 물리적 공간이 아니라, 나의 집은 백만 평 천만 평이라는 영적 개념의 우주적 평수를 지녀야 한다."

단 한 줄의 글이 마음에 파장을 일으키고 삶의 방향을 전환시킨다. 나는 이 문장을 읽으면서 내가 흔들리고 불안했던 이유를 깨달았다. 나를 짓눌렀던 생각들이 조금 정리가 됐다. 그동안 내가 살아오면서 갖고 있던 가치관이 흔들린 것이다.

나는 내 주변을 돌아봤다. 건강한 가족, 전셋집이지만 지금 살고 있는 집의 안락함과 편안함. 그리고 지금 하는 일과 그 일에 대한 높은 성취도. 나는 잠시 그것들을 잊고 오직 집, 아파트 가격, 이런 것들에 잠시 정신을 휘말린 것이다. 그러면서 나의 자존감도 잠시 떨어져 있었던 것이다.

나는 나의 가치를, 우리의 가치를 집의 소유 유무로 규정하지 말자고 생각한다. 언젠가 아파트, 그러니까 집 장만도 할 것이다. 그러나 그것이 나의 삶의 목표는 아니다. 가족과 함께 웃는 지금, 매진할 수 있는 일이 있는 지금, 남편과 함께 바라보고 나아가는 삶이 있는 지금 이 순간이 어쩌면 나는 진짜 부자의 삶을 살고 있는 건 아닐까.

"내가 산책하는 곳, 내가 집에 들어올 때 걸어 들어오는 골목, 내가 오르는 산, 호수, 내가 들르는 도서관이 모두가 내 삶의 동선이고 나의 집이다. 집은 단지 30평, 60평, 100평 이란 물리적 공간이 아니라, 나의 집은 백만 평 천만 평이라는 영적 개념의 우주적 평수를 지녀야 한다."

2장

그리고
나의 이야기

삼켜질 기억

강 인 성

적당히 느긋하다가도 글 쓸 때만큼은 진지한
철학하는 사람

"선배. 아직 저 좋아해요?"

그 질문에 나는 심장이 덜컥하고 떨어지는 기분을 느꼈다. 방의 공기는 금세 무거워졌다. 무언가 말을 하고 싶어도 목소리가 목구멍에서 턱, 하고 걸려 밖으로 나오지 않았다. 섣불리 대답할 수가 없었다. 이렇게 된 거 그냥 충분히 생각하기로 했다. 충분히. 지난 5년의 시간을 모두 떠올려 한 번에 정리할 수 있을 만큼, 충분히.

그날 저녁 퇴근길에 그녀에게 건 전화엔 정말이지 다른 뜻은 없었다. 그녀가 문득 생각나는 거야 5년 동안의 일상이니 특별하지 않고, 그녀도 가끔 나에게 전화를 걸어 안부를 묻고 두서없는 이야기를 이러니저러니 나누는 사이였으니까.

꽤 정신없이 돌아다니며 일하느라 피로해서였을까. 그러고 보니 연락한 지 조금 되었구나라는 생각이 들자 나도 모르게 망설임 없이 그녀에게 전화를 걸었다. 아니, 사실 이러한 내 마음을 아직도 잘 모르겠다는 생각에 조금은 망설였지만, 그 생각은 5년 동안 꾸준히 무시하며 살았기에 그날도 무시했을 뿐이다. 정말 딱 그 정도의 마음이었다.

운전하면서 들은 그녀의 목소리는 무언가 텅 비어버린 듯했다. 안 그래도 지난 2년 동안 기약 없는 취업 준비를 하며 어딘가 변해버린 그녀였다. 그래서일까. 우리의 통화는 오래가지 못했다. 오랜만이라는 인사를 나누고 상투적인 근황을 전한 뒤 우리는 서로 할 말을 잃어 침묵했다.

예전엔 하루의 시간도 부족해 며칠을 붙어 다니며 하고 싶은 말을 주고받았는데, 이제 우리 둘은 5분의 통화도 버거워 서로 어떠한 질문과 대답도 나누지 못하는 사이가 되었다. 그건 비단 우리 둘의 관계 때문만도, 지독한 취업 준비 때문만도 아닐 것이다. 어쩌면 둘 다일지도 모르겠고. 몇 마디의 위로와 응원을 건넨 뒤 우리는 통화를 종료했다. 그

후엔 운전에 집중하기 위해 노력했다.

자취방으로 돌아온 나는 샤워를 하고 저녁 준비를 했다. 작은방이 침묵으로 가득 차는 게 싫어 유튜브 영상을 틀고 또 틀었다. 정말 아무렇지 않았다. 정말이다. 이제는 마음을 쏟는 것도, 그 마음을 보여주기 위해 애쓰는 시간도 모두 지났다. 오랜만에 용기 내어 한 통화가 5분 만에 끝나버렸지만, 원래 친구 사이의 통화가 다 그런 것 아니겠는가. 지친 듯한 목소리와 침묵이 조금 걱정되었지만 그녀는 잘 이겨낼 것이다. 나는 내 저녁이나 챙겨 먹으면 되는 일이다. 그러면 되는 거다. 그런 생각을 하며 프라이팬에 데운 냉동 볶음밥을 몇 숟가락으로 해치웠다.

밥공기 하나와 숟가락 젓가락 하나의 설거지를 지금 해야 하나 말아야 하나 고민하던 그때, 메시지가 왔다는 알림 소리가 들렸다. 그녀였다.

'선배. 지금 잠시 통화돼요?'

무한히 많은 생각이 들었다. 왜일까. 그녀도 나처럼 아까의 통화가 마음에 걸렸던 걸까? 나와 조금의 대화를 더 하고 싶은 걸까? 아니면 내가 그녀를 걱정하고 있다는 사실을 알게 된 걸까. 아니면, 아니면 어쩌면 정말로……. 나는 아무렇지 않은 표정으로 그녀에게 전화를 걸었다. 그녀는 우물쭈물 망설이다 내게 질문을 던졌다. 그 질문에 나는 심장이 덜컥하고 떨어지는 기분을 느꼈다.

5년의 시간 동안 나는 그 대답을 질리도록 들려주었다. 물어보지도 않았지만 들려준 적도 많았다. 그렇게 수없이 반복된 대답과 질문 속에서 다른 결과가 나왔던 건 딱 두 번이었다. 그 두 번의 대답은 모두 오래가지 못했었다. 그 시간 속에서 나는 늘 천국과 지옥을 왔다갔다했다. 천국에 간 순간은 딱 두 번뿐이었지만. 그 두 번의 순간이 5년을 버티게 해줬다.

만남과 헤어짐을 반복한 일련의 시간 속에서 두 가지 생각을 하곤 했다. 나의 대답을 반복해 봐야 그 결말은 똑같을 것이라는 생각. 또는 이러다 평생 그 대답을 참으며 살아가게 될 것이라는 생각. 그런 생각을 하루에도 수백 번씩 떠올리곤 했었다. 다행인 건 약 1년 전부터 그 생각이 3일에 한 번 정도로 줄어들었다는 것이다. 그렇게 대답을 참는 것에 익숙해지면 살 만은 하겠다 생각했다. 그런데 오늘 그 생각이 모두 무너질 위기에 처했다.

나는 '음'이나 '글쎄' 같은 추임새로 시간을 벌며 마지막 고민을 했다. 참아야 할까, 늘 해왔던 대답을 해야 할까. 몇 분의 고민 끝에 나는 입을 뗐다.

"나는 네가 듣고 싶은 대답을 알아. 네가 원하는 대답을 해줄게. 이제는 다 정리가 됐어. 안 좋아하는 것 같아."

그녀는 그게 무슨 대답이냐며 되물었다. 나는 같은 대답을 반복할 수밖에 없었다. 그녀는 작은 한숨을 쉬었다. 그녀도 꽤 많은 고민 끝에 질문한 눈치였다. 그 질문의 답이 내가 생각해도 치사한 답이었다. 하지만 내가 할 수 있는 대답은 그것뿐이었다. 한숨 뒤에 그녀는 내게 이렇게 말했다.

"저는 선배가 진심으로 다 정리하고 행복하게 살았으면 좋겠어요. 아무리 생각해도 저는 선배를 좋아할 수 없거든요."

"진심이야. 다 정리하지 않았으면 이렇게 살고 있지도 못해."

그 후 너는 취업을 하기 위해 태어난 존재가 아니니 행복하게 살아야 한다는 말을 전한 뒤 웃으며 전화를 끊었다.

할까 말까 했던 설거지를 하기로 했다. 다시 유튜브 영상을 틀고 실실 웃으며 설거지를 했다. 설거지를 다하니 널브러진 옷가지들이 보였다. 바닥에 살포시 쌓인 먼지들도. 모두 지금 치우기로 했다. 헤드폰을 쓰고 신나는 음악을 틀었다. 두 뼘만 한 자취방은 금세 새 방처럼 깨끗해졌다.

시간은 어느덧 밤 열한 시가 되었다. 나는 잘 준비를 하기 위해 이부자리를 펼쳤다. 자기 전에 읽을 책 한 권을 이부자리로 던지고 핸드폰을 들었다. 그녀에게 메시지를 보냈다. 그래도 종종 연락은 하며 지내자, 취업하면 밥 한 번 사라는 메시지. 그녀도 그러겠다는 답장을 했다. 실없는 몇 마디 말 후에 더 보냈다간 또 오해하겠으니 이만 잘 자라는 말과 함께 메시지를 끊었다.

나는 그 마지막 메시지를 물끄러미 바라보았다. 나는 알 수 있었다. 종종 연락할 일은 이제 없을 것이다. 또한 밥을 같이 먹을 일은 더더욱 없을 것이다. 더이상은 어떤 질문도 대답도 우리 사이엔 남아 있지 않을 것이다.

마지막 답장을 한참 바라보다 핸드폰을 내리고, 지난 5년간의 기억을 꿀꺽, 하고 삼켰다. 이것이 우리의 마지막 연락이었다.

오피스텔 1806호

강 인 성

적당히 느긋하다가도 글 쓸 때만큼은 진지한
철학하는 사람

트렁크를 열었다. 트렁크에 꽉 차 있는 세 개의 박스. 박스 위에 거칠게 쓰여 있는 문장을 읽었다. 'SK 뷰 레이크 타워 오피스텔 1806호'. 내 다음 행선지이다.

나는 지금 어디에 있지? 광교 센트럴타운 62단지 아파트 지하 2층 202동 입구 앞 주차장.

여름날 주차장의 열기는 지독하게 뜨거웠다. 중력이 평소보다 더 강하게 짓누르는 듯했다. 얼른 차 문을 열고 운전석에 앉았다. 브레이크를 밟고 시동 버튼을 눌렀다. 바람 세기 표시가 끝까지 차오른 에어컨에서 강하게 바람이 나왔다. 등줄기를 타고 흐르던 땀이 마르는 게 느껴졌다. 금세 주차장의 지독한 열기는 잊혀갔다. 왼쪽 창문 아래에 붙어 있는 메모지가 눈에 보였다.

'SK 뷰 레이크 타워 오피스텔 1806호'. 내 다음 행선지이다. 나는 그곳으로 가야 한다. 네비게이션에 검색을 한다. 가깝다. 400m 거리. 후진으로 차를 뺀 뒤 광교 센트럴타운 62단지 아파트 지하 2층 주차장을 빠져나갔다.

한 번의 좌회전과 한 번의 빨간불을 지나자 'SK 뷰 레이크 타워'가 나타났다. 41층짜리 거대 회색 첨탑. 그 첨탑의 꼭대기를 바라본다. 이윽고 한 번 더 우회전을 한다. 이제 그 첨탑은 눈에서 사라진다. 이제 보이는 것은 그럴싸하게 꾸며진 정원과 그 사이 여러 갈래(5개 내지는 6개 정도로 보인다)로 나누어진 길들이다. 그 길 끝에 있는 네모나고 커다란 눈부시게 반짝이는 유리문들. 저 문들 중 하나가 분명 1806호로 가는 문이다.

유심히 봐둔다. 그러나 내가 지금 들어가야 할 곳은 주차장이다. 지하 주차장. 그 뜨겁고 어둡고 먼지 가득하고 눅눅한 곳으로.

예상치 못한 문제가 나타났다. 당연히 하나일 것이라 생각한 입구가 놀랍게도 두 개였다. 사람은 걷다가 멈출 수 있지만 차는 그럴 수 없다. 차를 잠시 세운다는 건 상상 속의 일이다. 생각한다. 지금까지의 경험. 하나는 오피스텔로 들어가는 입구이고 하나는 상가로 들어가는 입구일 것이다. 극단적으로 차를 천천히 몰며 다시 자세히 살펴보았다. 오피스텔 입구라느니 상가 입구라느니 따위의 표식은 없다. 이제는 운의 영역이다. 나의 선택은 왼쪽이었다.

왼쪽 입구 주차장으로 들어가자 생각보다 작은 주차장이 나타난다. 미간을 잔뜩 찌푸리며 눈동자를 이리저리 굴린다. 오피스텔 입구라면 이렇게 주차장이 작을 리 없다. 여기는 상가 입구가 분명하다. 아닌가? 어쩌면 그냥 의미 없이 주차장을 나눈 것일지도 모를 일이다. 어쨌든 나는 1806호만 가면 된다.

흔들리는 동공을 바로잡아 주차 자리를 찾았다. 눈에 들어온 한 자리. 주차를 한다. 후진으로. 트렁크를 연다. 작은 손수레를 꺼낸다. 손수레의 손잡이를 올리고 트렁크에서 박스를 들어 손수레에 싣는다. 500mm짜리 생수 20개들이도 싣는다. 무겁다. 생수 손잡이 테이프가 손바닥에 쩍 하고 들러붙었다 떨어졌다. 생수 위에 붙어 있는 영수증을 떼 손수레 손잡이에 붙인다. 에어컨의 냉기가 사라진 반소매

안은 주차장의 열기로 가득 찬다. 영수증을 본다. 'SK 뷰 레이크 타워 오피스텔 1806호'. 내가 가야 할 곳이다. 나는 그곳으로 가야 한다.

손수레를 끌고 지상으로 올라갔다. 반지하로 된 주차장이기에 걸어서 올라왔다. 생각보다 훨씬 복잡한 건물 구조. 정신이 아득해졌다. 거대한 첨탑을 둘러싼 상가 건물들과 여러 갈래로 이어진 길은 온갖 가게들로 이어져 있다. 도대체 그 첨탑의 입구가 어디인지조차 가늠할 수 없다.

가게와 가게 사이에 드문드문 놓여 있는 네모반듯하고 투명한 유리문. 하나하나가 매혹적이라 모든 문을 열고 들어가고서야 오피스텔이 어디인지 알게 될 것만 같았다. 분명한 건, 저 문 중 하나가 첨탑으로 들어갈 수 있는 문이고 그곳에 '오피스텔 1806호'가 있다. 이윽고 손수레를 이끌며 천천히 첫 번째 유리문으로 향했다.

유리문 안으로 들어가자 엘리베이터부터 찾았다. 다행히 엘리베이터가 있었다. 위를 가리키는 버튼을 누르고 안도의 한숨을 쉬며 핸드폰을 들었다. 아무 알림도 뜨지 않았다. 보고 또 본 인스타그램의 피드를 한없이 올리고 들여다보았다. 그러다 보니 금세 엘리베이터가 왔다. 핸드폰에 눈을 떼지 않고 들어가 버튼을 눌렀다. 아니, 누르지 못했다. 눈에 들어온 건 숫자 10까지밖에 없는 버튼들이었다. 갈 곳 잃은 검지 손가락이 잠시 방황하다 스스로 움직여 10층 버튼을 눌렀다. 누르고 보니 떠올랐다. 10층까지는 사무실로, 그 위층부터 오피스텔로 사용되는 건물을 갔던 기억이 있다. 생각보다 많은 경험을 기억한 검지가 기특했다. 안도하며 다시 아까 보다 만 인스타그램 릴스를 보았다.

10층에 도착해 엘리베이터를 찾아보았다. 없다. 더 올라가는 엘리베이터 따위는 없다. 10층을 한 바퀴 반 정도 돈 후 결론을 내렸다. 다시 내려가야 한다. 다시 엘리베이터 앞으로 가 아래를 향하는 버튼을 눌렀다. 또다시 핸드폰을 들었다. 이번엔 아무 연락도 안 온 카카오톡을 본다. 바뀌지 않은 수많은 사람들의 프로필을 보고 또 본다. 이윽고 엘리베이터는 내려오고, 탄다.

두 번째 문으로 들어가 본다. 엘리베이터부터 찾아보지만 없다. 더 깊이 들어가 보았다. 가게 몇 개의 뒤 문으로 추정되는 문 몇 개만이 보였다. 아무리 좋게 봐줘도 오피스텔로 들어가는 입구는 아니다. 그럼에도 불구하고 더 들어가 본다. 커다란 유리문이 보였다. 느낌이 좋지 않다. 가까이

가자 문밖에 무엇이 있는지 보인다. 아까 그곳이다. 온갖 가게와 유리문으로 이어져 있는 거대한 미로. 결국 다시 제자리로 돌아온다.

유리문을 나와 미로 한가운데서 고민했다. 옆에 있는 유리문을 들어가야 할까? 아니면 그 옆에? 아까 들어간 문에서 다른 엘리베이터를 타볼까? 멍하니 가게들을 살폈다. 그 사이에 도넛 집이 보였다. 가까이 가니 갈색 보얀 슈거파우더가 뿌려진 하얀 크림이 과할 정도로 가득 차 있는 도넛이 날 반기고 있었다. 약간의 어지럼증과 함께 군침이 돌았다. 내 손에 쥐어진 손수레가 무겁게 느껴졌다. 이미 이건물 안에서만 30분을 썼다. '오피스텔 1806호'로 가 이 손수레를 비운 후 아이스 아메리카노에 저 도넛을 한 입 가득베어 물면 기분이 얼마나 좋을까. 모자를 벗어 땀을 한번 훔쳤다. 마스크 사이로 찝찔한 숨이 느껴졌다.

일단 손수레를 끌며 앞으로 갔다. 보도블럭의 울퉁불퉁함이 손수레 손잡이에 그대로 전해졌다. 속도를 더 냈다간 생수가 떨어질지도 모른다. 첨탑을 둘러싼 거대한 미로 사이에서 오른손으론 손수레를 질질 끌며 나아갔다. 고개를 들어보았다. 첨탑이 보인다. 저곳에 '오피스텔 1806호'가 있다. 고개를 내린다. 그 입구가 보이지 않는다. 높이를 알수 없는 첨탑이 코앞에 있는데 나는 그곳에 들어갈 수가 없다. 도대체 그 입구조차도 찾을 수가 없다. 도대체 어떤 유리문일까. 앞으로 나아가지만 무기력함이 내 온몸을 사로잡았다. 그건 오른손에 걸린 손수레보다도 훨씬 무거워 나를 더욱 느리게 만들었다.

나는 안다. 돌고 돌고 돌다 보면 언젠가 그 입구가 나올 것이다. 그러면 환희와 함께 엘리베이터를 타 18층을 갈 것이다. 그러면 이 지긋지긋한 박스와 생수를 내려놓고 가벼워진 손수레를 끌며 내려오겠지. 그러고 나면 아이스 아메리카노와 함께 달콤한 도넛을 먹을 것이다. 그리고 나는 다음 목적지로 향하겠지. 언제쯤 이 배달이 끝날까, 하는 생각이 뇌 깊숙이에서 치밀어 오르지만, 막았다. 지금은 그 고민을 할 때가 아니다. 일단은 'SK 뷰 레이크 타워 오피스텔 1806호'로 가야 한다. 다시 손수레를 꽉 쥐고 앞으로 나아갔다.

두 번째 문으로 들어가 본다.
엘리베이터부터 찾아보지만 없다. 더 깊이
들어가 보았다. 가게 몇 개의 뒤 문으로 추정되는
문 몇 개만이 보였다. 아무리 좋게 봐줘도
오피스텔로 들어가는 입구는 아니다. 그럼에도
불구하고 더 들어가 본다. 커다란 유리문이 보였다.
느낌이 좋지 않다. 가까이 가자 문밖에 무엇이
있는지 보인다. 아까 그곳이다. 온갖 가게와
유리문으로 이어져 있는 거대한 미로. 결국
다시 제자리로 돌아온다.

그날

구 선

우울증 걸린 정원사

작년 5월 그날은 아침부터 마음이 불안했다. 그날은 일을 하러 가는 날이었는데 일주일로 계획되었던 데크 공사가 열흘째 끝나지 않고 있었기 때문이다. 보통은 공사 기간 동안 아무 데도 나가지 않고 집에서 지켜본다. 이미 일주일 동안 양해를 구하고 일을 쉬었으므로 그날은 더이상 미룰 수 없었다. 공사가 끝나면 현관문을 잘 닫고 가라고 부탁하고 오후 네 시에 서울로 출발했다.

　양지IC를 통과해 고속도로에 진입하는 순간 기분이 이상했다. 운전하면서 처음 느껴보는 기분이었다. 무엇인가 잘못된 것 같았다. 당장이라도 차를 돌려 집으로 가고 싶었다.

우리 집에서 고속도로로 서울로 가는 길에는 터널이 두 개 있다. 고속도로에 진입하면 바로 터널이 나오는데 터널로 진입하자마자 숨이 막혔다. 다음 IC에서 빠져 집으로 돌아갈까 말까 망설이는 동안 두 번째 터널이 나왔다.

괜찮겠지 하는 생각으로 계속 운전을 했다. 이번에는 숨쉬기가 더 힘들어졌다. 터널이 점점 좁아졌다. 그곳에서 영원히 빠져나갈 수 없을 것 같았다. 눈물이 쏟아졌다. 입에서 운전을 할 수 없다는 말이 터져 나왔다. 그렇다고 차를 세울 수도 없는 상태였다. 눈물을 닦으며 어디서 차를 세워야 안전할지 생각했다. 이미 고속도로에서 나갈 방법이 없었다. 계속 직진할 것인지, 신갈에서 경부고속도로를 탄 후에 휴게소로 들어갈 것인지 고민했다. 신갈을 지나 수원 쪽으로 가면 또 터널이 나온다는 생각이 났다. 경부고속도로를 선택했다. 터널을 빠져나와서도 길에 갇힌 기분이었다. 제일 바깥쪽 차선으로 옮겨 속도를 늦췄다. 숨은 거의 쉴 수 없는 상태였고 눈물 때문에 앞이 잘 보이지 않았다. 서울 방향으로 운전하다 보니 휴게소가 보였다. 휴게소에 주차를 했다. 더이상 운전을 할 자신이 없었다.

운전이 힘들어 일을 하러 갈 수 없다는 문자를 보냈다.

울면서 전화하고 싶지는 않았다. 아무리 숨을 가라앉히려고 해도 진정이 되지 않았다. 남편에게 전화를 했다.

"죽전휴게소에 있는데 데리러 와. 운전할 수가 없어."

엉엉 우는 내 목소리에 남편은 많이 당황한 것 같았다. 금방 갈 테니 기다리라고 했다.

더이상 차 안에 있고 싶지 않았지만 차에서 내릴 수도 없었다. 몸이 차에 붙은 것 같았다. 핸들을 주먹으로 치며 소리 내 울었다. 시간이 멈춘 것 같았다. 아무도 나를 차에서 구해줄 수 없을 것이라는 생각이 들었다. 숨을 최대한 천천히 쉬어 보려고 했지만 소용이 없었다. 손이 저리기 시작하더니 머리끝부터 발끝까지 다 저려왔다. 남편은 왜 이렇게 오래 걸리는 걸까. 택시가 안 잡히는 걸까.

남편 차가 휴게소에 들어서는 게 보였다. 차를 갖고 오다니. 무슨 생각이지? 나는 운전을 못 하는데 내 차를 휴게소에 두고 갈 건가? 남편이 운전석 쪽 문을 두드렸다. 문을 열며 내가 버럭 화를 냈다.

"차를 가지고 오면 어떡해! 운전 못 한다고 했잖아!"

"나 내일 출근해야지."

"택시 타고 가면 되잖아!"

상황을 심각하게 받아들이지 않은 탓이었을까. 남편은 내 얼굴을 보고 많이 당황했다.

"우선 차에서 내려. 벤치에 앉아서 마음을 가라앉혀 보자."

남편이 오니 차에서 내릴 수 있게 되었다. 화를 냈더니 숨쉬기도 한결 편해졌다. 휴게소 한쪽에 있는 공원 벤치에 앉아 천천히 숨을 쉬어 보았다. 여전히 숨이 막혀 왔지만 천천히 나아졌다. 운전하면서 얼마나 힘들었는지 남편에게 이야기했다. 남편은 계속 핸드폰으로 시간을 확인했다. 내가 조금 진정된 것처럼 보이자 남편이 말했다.

"좀 나아졌지? 차 막히기 시작하기 전에 출발하자."

"나 운전 못 한다고."

"국도로 와. 나는 고속도로로 갈게."

"뭐라고? 나 혼자 운전해서 가라고? 그럼 내가 자기를 왜 불렀겠어. 그냥 좀 휴게소에서 쉬었다가 집에 갔겠지!"

"알았어. 그럼 국도로 운전해서 가면 내가 뒤에 따라갈게. 고속도로로 진입하지 말고 국도로 가다 보면 네비가 길을 알려줄 거야."

진정이 될수록 화는 점점 더 많이 났다. 이제 운전을 해도 될 것 같았다. 네비게이션에 집을 입력하고 출발했다. 국도 위를 운전하기는 한결 수월했다. 남편도 뒤에서 천천히 따라왔다. 네비가 가르쳐주는 대로 운전하다 보니 자동차 전용도로가 나왔다.

'여기 들어가도 괜찮을까. 터널은 없겠지? 20분만 하면 되는데 뭐. 참아보자.'

자동차 전용도로로 들어섰다. 룸미러로 남편 차가 따라오는지 확인했다. 가장 바깥 차선으로 천천히 운전했다.

앞에 터널이 보였다. 터널에 들어서자마자 이번엔 더 빨리 증상이 나타났다. 다행히 터널은 짧았다. 어영부영하는 사이 진출로를 지나쳤다. 또 터널이 나왔다. 이제는 운전대를 바로 잡고 있기조차 힘들었다. 차가 흔들리기 시작했다. 지나가는 차들이 클랙슨을 울려댔다. 터널을 지나자마자 바로 보이는 진출로로 빠져나왔다. 국도로 들어서려는 순간 멀리 아주 시커멓고 높은 벽이 보였다. 그 중간에 아주 작은 터널 입구가 보였다. 도저히 그 좁은 구멍으로 들어갈 자신이 없었다. 갓길에 차를 세웠다. 남편이 뒤따라 차를 세웠다.

"괜찮아?"

"저기 또 터널이 있어! 이제 더이상 운전할 수 없어. 저기 들어갈 수 없어."

엉엉 울며 대답했다.

"선아, 터널 없어."

"아니야! 내가 봤다고. 저기 시커먼 터널이 있다고!"

"선아, 터널 없어. 내가 이 길 알아. 진짜 터널 없어."

"진짜 없어?"

"응, 여기서 조금만 운전하면 네가 아는 길이 나올 거야. 마음 가라앉히고 다시 해보자."

정말 길어 보이는 터널이 있었는데. 남편 말을 믿어 보기로 했다. 다시 운전을 시작했다. 터널은 없었다. 내가 아는 길이 나왔다. 집에 돌아온 기분이 들었다. 뒤에서 계속 쫓아오던 남편이 전화를 했다.

"저녁거리 사갈 테니 먼저 들어가. 이제 잘 갈 수 있지?"

"응, 집에 가서 기다릴게."

마을 입구가 보이니 기분이 훨씬 나아졌다. 집 현관은 잘 닫혀 있었다. 나는 이제 집에서 벗어날 수 없을 것 같은 기분이 들었다.

초행길

구 선

우울증 걸린 정원사

'언니, 우리 정원에 장미가 많이 피었는데 보러 오실래요?'

  전날 일정이 취소되어 시간이 났다며 나를 만나러 왔던 P가 갑자기 나를 초대했다. 그녀는 인스타그램에서 만난 정원 친구이다. 랜선 친구로 지내다 우리 집에 처음 놀러온 것이 거의 1년 전이다. 우리 정원을 예쁘게 찍어 본인 유튜브에 올려준 덕에 모르는 사람에게까지 정원 예쁘다는 말을 많이 들었다. 그 후 연락이 닿을 때마다 그녀의 집에도 놀러 오라고 했었지만 그동안 계속 미뤄왔었다. 우리 집은 용인이고 P의 집은 양평이라 나 혼자 운전해서 갈 용기가 생기지 않았다.

1년간 우리 집에 너덧 번 왔으니 이제 내가 가는 것이 맞았다. 게다가 유튜브 화면과 사진으로만 보던 그녀의 정원이 많이 궁금하기도 했다. P는 어느 곳이든 그녀의 꽃 친구 M과 함께 다닌다. 이번에 놀러 왔을 때 처음으로 나도 내 꽃 친구 N을 소개시켜 줬다. 다들 좋은 사람들이라 서로 소개시켜 주고 싶기도 했지만 내심 항상 함께 다니는 P와 M이 부러웠다. 나도 친구와 함께 이곳저곳에 놀러 가면 좋겠다는 생각을 했었다.

그 마음을 알아차린 것인지 N이 운전해서 오면 되지 않겠냐고 우리 둘을 함께 초대했다. 넷이 맛집도 가고 꽃도 사고 수다도 떠는 장면을 떠올리기만 해도 설레었다. 넷이 모두 가능한 날로 약속을 잡았다. P의 집은 양평이지만 우리 집에서 그리 멀지는 않았다. 한 시간 이내로 닿을 수 있는 거리였다.

방문하기로 한 전날 밤은 잠을 설쳤다. 공황장애가 있는 내가 차를 한 시간 가까이 타는 것이 걱정이 되었다. 하지만 소풍 가기 전날과 비슷한 설렘이 더 컸다. 아침이 되자 차라리 잘 되었다 싶었다. 가는 길에 잠이 들면 나도 N도

편할 것 같았다.

아침 9시 반쯤 N이 나를 데리러 왔다. 언제쯤 가볼 수 있을까 생각하며 핸드폰 속 지도와 유튜브 화면으로만 보던 곳으로 출발했다. 친구의 운전은 매끄러웠다. 나는 마무리해야 할 일이 있어 아이패드에 집중했다. 가는 길에는 터널이 없었다. 일을 끝내고 고개를 들어보니 우리는 고속도로를 달리고 있었다. N은 내가 갑자기 공황발작을 일으키지 않도록 남은 시간을 알려 주었다. 발병 이후 남편이 아닌 사람과 한 시간 정도 차를 타고 이동한 것은 처음이었지만 N과의 대화는 내 마음을 편안하게 했다.

출발한 지 50분 정도 후 P의 집에 도착했다. P와 삽살개 밤이가 우리를 반겼다. 그녀의 정원은 포근했다. 11년 동안 돌본 정원은 화면으로 보던 것보다 작고 잡초도 무성했다. 하지만 나무와 화초 하나하나가 잘 어우러져 겨우 두 해 돌본 내 정원에는 없는 무엇인가가 느껴졌다.

정원 데크에 놓인 의자에 앉아 밤이를 쓰다듬으며 정원을 바라보았다. 내 어린 정원과 다른 느낌은 어디에서 오는 건지 생각하는 동안 운동을 마친 M이 도착했다.

정원도 구경할 겸 M의 집에 잠시 들렀다. 한 바퀴 돌며

수다를 떠는 동안 마침 찾아온 고양이 오월이와도 인사했다. 매일 보던 사진 속으로 들어온 느낌이었다.

정원 구경 후에 넷이 한 차를 타고 P와 M이 자주 간다는 음식점에서 점심을 먹은 후 카페로 향했다. 4년 전쯤 나 혼자 운전해서 갔던 곳이었다. 서너 번 갔었는데 그때와는 분위기가 많이 달랐다. 텅 비어 있었던 1층은 주인이 키우는 식물로 가득 차 있었고 주차장과 이어져 있던 뒷길은 온실로 꾸며져 있었다.

같은 음료 네 잔을 주문한 후 희귀한 식물들을 둘러보며 2층으로 올라갔다. 2층은 그때와 달라진 부분이 별로 없었다. 4년 전에는 같은 곳에서 커피를 마시면서도 서로를 몰랐겠지라는 생각에 기분이 묘했다.

차도 오래 타고 밥도 먹고 나니 쉬고 싶다는 생각이 들었다. 내 얼굴에서 피곤함을 읽었는지 화원에 잠깐 들렀다 다시 P의 집으로 가기로 했다. 화원에 들러 꽃을 구경하려는데 갑자기 비가 쏟아졌다. 비에도 아랑곳하지 않고 꽃을 고르는 나를 보고 눈에 생기가 다시 돈다며 다들 웃었다. 잔뜩 고르고 보니 차에 다 들어갈지 걱정이 되었다. 트렁크를 꽉 채우고도 모자라 뒷자리에 엉덩이 붙일 자리만 남기고

꽃을 실었다. 꽃으로 가득 찬 차가 재미있다며 우리는 깔깔
대며 웃었다.

　꽃 쇼핑 후에 내가 더 지쳐버린 탓에 바로 차를 타고 출
발하는 것은 위험했다. 즐거운 시간도 내게는 나쁜 일과 같
은 자극을 주기 때문에 약을 먹고 좀 쉬었다 가기로 했다.
끊임없는 수다를 들으며 눈을 감고 누워있으니 피로가 풀
리며 마음이 서서히 가라앉았다. 집으로 출발하기 전에 정
원 파고라에 달아둔 그네를 탔다. 그네 아래에 심어둔 민트
에 발끝이 스치며 나는 향이 참 좋았다. 정원 꽃으로 만들
어 준 꽃다발을 들고 석양을 배경으로 사진을 찍었다. 언제
다시 볼지 모를 밤이와도 사진을 찍었다. P가 오랜 시간 가
꾼 정원 사진도 찍었다.

　또 놀러 오라는 말을 뒤로 하고 집으로 돌아가는 중 해가
졌다. 다행히 네비가 국도로 안내를 해주어 덜 힘들었다. 친
구와 오늘 있었던 일에 대해 이야기를 나누며 하루종일 찍
은 사진과 동영상을 정리해 단체 카톡방에 공유했다. P는
자기 정원을 다른 사람이 찍어준 사진을 보니 기분이 이상
하다고 했다.

　집에서 출발한 지 거의 12시간 만에 다시 돌아왔다. 잔뜩

사온 꽃을 내려놓고 보니 더 살걸 후회가 되었다.

"또 가면 되지. 우리 다음에 또 놀러 가자."

N이 말했다.

그러게 또 가면 되지. 이런 식으로 두세 번 다녀오면 내가 운전해서 가는 날도 오겠지.

며칠 후, P의 유튜브에 새 영상이 올라왔다. 화면에는 보이지 않지만 데크 끝에는 커다란 벚나무가 있고, 이쪽에는 남편이 만들다 말았다는 화덕이 있고, 장미가 타고 올라갈 저 담은 얼마 전에 새로 설치한 것이고, 반대쪽 너머에 예쁜 석양이 질 것이고, 저 장미는 실물이 훨씬 예쁜데. 저 화분을 내가 자세히 안 봤었나? 꼭 나도 함께 정원을 둘러보는 것 같았다.

그전과는 다른 방식으로 보면서 깨달았다. 처음 정원에 들어섰을 때 느꼈던 느낌은 그 집에 사는 사람들의 추억이 쌓여 만든 것이구나. 내가 신나게 타고 온 그네에 어린 딸을 처음 태웠을 때는 어땠을까. 아이의 발에서 민트향이 처음으로 난 날, 그녀의 마음은 어땠을까. 내 정원에는 추억이 부족하구나. 꽃과 나무의 개수로는 채울 수 없는 것들이 있구나.

나 혼자였다면 떠날 수 없었던 초행길을 피곤한 기색 하나 내보이지 않고 함께 해준 N이 참 고마웠다. 내 정원도, 내가 매일 만지는 꽃 사이로 아들이 사준 장미 이야기와 항상 나를 못 찾는 남편, 꽃 친구들의 이야기, 아직 담기지 못한 이야기들이 가득 채워져 풍성해지는 날이 언젠가 오겠지.

그전과는 다른 방식으로 보면서 깨달았다.
처음 정원에 들어섰을 때 느꼈던 느낌은 그 집에
사는 사람들의 추억이 쌓여 만든 것이구나. 내가
신나게 타고 온 그네에 어린 딸을 처음 태웠을 때는
어땠을까. 아이의 발에서 민트향이 처음으로
난 날, 그녀의 마음은 어땠을까. 내 정원에는
추억이 부족하구나. 꽃과 나무의 개수로는
채울 수 없는 것들이 있구나.

진주양분식

문 옥 희

살아 내는 소소한 일상을
글로 남기고 싶은 이상주의자

예식장을 빠져나와 택시를 탔다. 기사에게 진주여고 앞으로 가달라고 말했다. 25년 만에 찾아간 학교는 기억 속 풍경과 비슷했다.

길 건너 '진주양분식'이 보였다. 노란색 간판에 파란색으로 '진주', 빨간색으로 '양분식'이라고 적혀 있었다. 횡단보도를 건넜다. 2층 외벽은 낡은 벽돌이 아슬하게 붙어 있었고, 1층 가게 외벽은 회색 페인트 색이 바래져 가고 있었다. 간판 아래 끄트머리만 보이는 하늘색 셔터 문도 녹슨 부분이 듬성듬성 보였다. 출입문 위 빼꼼히 얼굴 내민 은색 난로 환기통도 그대로였다. 수없이 여닫았던 알루미늄 섀시로 된 출입문도 똑같았다. 아귀가 맞지 않는 문은 손으로 열려고 할 때마다 삑삑 소리를 냈었다. 간판이 닿는 인도 바닥은 녹슨 자국이 선명하게 남아 있었다.

휴대폰을 꺼내 사진을 찍었다. 가게 입구도 찍고, 학교 풍경도 찍었다. 그리고 친구를 기다렸다. 한 달 전, 외사촌 결혼식 날 혼자 진주에 내려간다고 했더니 여고 동창 윤이가 만나자고 했고 우리는 진주양분식 앞에서 만나기로 했었다.

얼굴을 들이밀고 자리가 있는지 물어보았다.

"좀 기다려야 됩니더."

25년 전 들었던 그 목소리였다. 오랜 세월이 지났는데도 같은 사람이 장사한다는 사실이 놀라웠다. 고개를 밖으로 빼고 친구를 기다렸다.

배가 고팠다. 시계를 보니 1시 20분이었다.

"옥희야!"

윤이가 학교 앞에서 날 불렀다. 윤이는 청바지를 입고 운동화를 신고 있었다.

기억을 더듬어보니 우리가 여고 앞에서 만난 것은 처음이었다. 식사를 마친 손님이 문을 열고 나오자 우리는 잽싸

게 들어갔다. 가게 중간에 놓인 난로 옆 자리에 앉았다. 난로 위에는 주전자 물이 끓고 있었다.

이곳에서만 먹을 수 있는 통국수와 김밥을 주문했다. 25년 만에 들른 것 치고는 적게 주문한 것 같아 더 시켜야 할지 잠깐 고민했다. 주인 아주머니는 머쓱해하는 내 모습을 보시고 웃으며 말씀하셨다.

"그 정도면 됐죠, 뭐."

주변을 둘러보았다.

벽에 걸린 거울, 모퉁이가 닳아버린 식탁, 노란 의자. 그대로였다. 달력이 붙어 있던 자리에는 여전히 달력이 걸려 있었다. 동네 새마을 금고 달력. 2024년 3월 표시가 없었다면 1997년, 98년이라고 해도 믿을 정도였다. 입구 맞은편 왼쪽 구석에 있던 쪽방 문도 여전히 반쯤 열려 있었다. 쪽방 문을 왼쪽으로 밀면 한 평도 안 되는 공간에 냉장고가 있고, 업소용 큰 밥솥이 있을 것이다.

"저 빨간 유선 전화기 혹시 예전 그대로예요?"

아주머니는 웃으며 대답하셨다.

"그럼 그대로지요. 나는 아직 휴대폰도 없이 살아요. 다 살아져요."

가게에서 유일하게 바뀐 건 가격표였다. 조리대 위 벽에 붙은 메뉴판은 깔끔했다. 올랐다고 해도 김밥 4천 원, 통국수, 김치돌솥밥, 쫄면, 비빔국수 모두 6천 원이었다.

양념 무친 무짠지, 배추김치, 버섯 반찬이 놓였다. 아주머니는 국그릇이 넘치도록 통국수를 담아냈다. 국수와 우동면 중간 굵기쯤 되는 통국수 면발이 가득했다. 쑥갓과 김, 깨도 한가득이었다. 친구와 나는 족히 2인분은 돼 보이는 통국수를 열심히 먹었다.

당근, 햄, 시금치, 계란, 단무지가 들어간 김밥은 시중에서 파는 김밥 크기의 두 배였다. 여고 시절에도 이곳 김밥 크기는 유명했다. 한창 배고픈 사춘기 여고생들은 한입에 밀어넣기도 힘든 김밥으로 저녁 배를 채우고, 야간 자율학습을 하러 학교로 돌아가곤 했다. 나와 친구는 김밥을 절반만 먹었고, 나머지는 싸가기로 했다.

배가 부른데 아주머니가 국수 그릇에 국물을 더 부어주셨다.

"왜 이리 못 먹는교? 30대 아이라? 졸업생인가 보네?"

점심 시간이 지난 후라 손님이 없자 한가해진 아주머니가 물었다. 우리는 그 말에 깔깔거리며 웃었다.

"저희 마흔다섯 살인 걸요. 졸업하고 25년 만에 왔어요. 학교도 궁금하고, 여기서 밥 먹고 싶어 왔어요."

아주머니는 나와 친구 나이를 듣고 깜짝 놀라셨다. 젊어 보인다는 말에 우리는 기분이 좋아졌다.

윤이와 나는 잠깐 여고 시절로 돌아갔다. 체육대회를 마치고 음료수를 사달라던 나와 친구들에게 수돗물 마시라고 했던 짠돌이 담임 선생님 이야기, 친구들과 진주양분식에서 선생님 뒷담화를 하는데 쪽방에서 선생님들이 나왔던 기억, 스승의 날 선생님이 들어오실 때 밀가루 풍선을 터뜨리는 바람에 나와 윤이가 선생님께 죄송하다며 사죄했던 일 등등.

아주머니는 뒷 테이블에서 식사하던 손님 중 한 분을 가리키며 같은 학교 졸업생이라고 알려주셨다. 딸과 함께 점심을 먹고 있던 동창생은 알고 보니 한 해 후배. 나와 윤이는 들뜬 마음으로 1997년도 학교 축제 당시 패션쇼 무대를 기억하는지 물었다. 내가 2학년 때 반 친구들과 함께 학교 축제의 마지막을 장식했던 패션쇼는 꽤 당시 화젯거리였다. 그러나 후배는 기억하지 못했다. 나에겐 큰 기억이 다른 사람에겐 아닐 수도 있다는 걸 새삼 깨달았다.

후배 모녀가 자리를 뜨자 식당에는 우리만 남았다. 문득 바닥을 보니 닳고 닳은 식당 바닥이 보였다. 나는 언제 또 올지 모른다는 생각에 식당 이곳저곳을 찍다 그 낡은 타일 바닥 사진도 찍었다. 남은 김밥은 봉지에 쌌다. 아주머니에게 건강하게 지내시라고 인사하고 나왔다. 나와서 학교를 바라보았다. 변함없는 공간에 변해버린 우리가 서 있었다.

엄마와 시래기

문 옥 희

살아 내는 소소한 일상을
글로 남기고 싶은 이상주의자

엄마는 석갑로 단독주택에 삽니다. 25년이 넘도록 살고 있는 집입니다. 두 딸과 하나 있는 아들은 멀리 삽니다. 자주 보고 싶어 눈에 밟히지만 그저 멀리서 잘 살기를 기원합니다.

창문 틈 바람이 매섭습니다. 동지가 다가오면 둘째 딸 생일입니다. 빈 방 문을 열어봅니다. 딸이 쓰던 책상 유리 밑에 딸이 그린 그림이 보입니다. 그림을 곧잘 그리고 상도 많이 받던 둘째 딸은 미술학원 안 보내준 걸 섭섭했다 말했습니다.

책도 좋아했던 딸이 두고 간 시집, 소설책, 전공 책들이 책상 서랍에 그대로 꽂혀 있습니다. 책 사이사이 먼지가 수북합니다. 옷장을 열어보니 여고 교복 때깔이 그대로입니다. 딸이 졸업하고 나서 깨끗하게 드라이해 두었습니다. 단정하게 교복 입고 골목길을 걸어 나서던 키 큰 둘째 딸이 떠오릅니다.

엄마는 부엌문을 열고 마당으로 나갑니다. 창고에서 말린 시래기를 꺼내 툴툴 텁니다. 마당에 큰 대야를 놓습니다. 수도꼭지를 틀어 대야에 물을 받습니다.

찬물에 시래기를 대충 씻어 건져 올립니다. 무거워진 시래기를 마당에 놓인 싱크대 위로 올립니다. 가스렌지 불을 켜고 솥에 물을 붓고 끓입니다. 끓는 물에 시래기를 가득 넣습니다. 뭉근한 불에서 시래기가 익어갑니다.

엄마의 비법은 시래기 껍질을 벗기지 않는 것입니다. 무기질 덩어리째 자식들에게 먹이고 싶어 평생 벗긴 적이 없습니다. 껍질이 물렁해질 때까지 끓입니다.

"대충 꼬드리하게 삶으면 억세지. 나는 쌩거든 말린 거든 그거를 푹 삶는 기라. 손으로 만지면 물러질 만큼."

물러진 시래기는 이틀 정도 찬물에 담가 둡니다. 쓴맛이 빠져나가야 먹음직스런 시래기가 됩니다. 완성된 시래기는

꾹 눌러 물을 짜냅니다. 비틀어 짤 때마다 손목이 시큰거립니다. 손가락 마디가 저릿저릿합니다.

도마를 꺼내 싱크대에 놓습니다. 오래된 나무 도마 가운데가 오목합니다. 닳고 닳은 칼머리는 좁디좁습니다. 도마 위에 시래기를 올립니다. 먹기 좋게 자릅니다. 커다란 쇠 양푼에 썰어둔 시래기를 툭툭 담습니다.

냉장고에서 마늘, 된장을 꺼냅니다. 시래기에 양념을 섞어 조물조물 무칩니다. 둘째 딸네 네 식구 한 끼 먹을 만큼 동그랗게 뭉칩니다. 네 덩어리 만들어 위생 봉지에 쌉니다. 비닐에 오늘 날짜를 적습니다.

동네에서 주운 스티로폼 상자를 꺼냅니다. 냉동실에 얼려둔 시래기 뭉치 네 덩어리를 넣습니다. 새벽에 만든 찰밥도, 미역국도 담습니다. 맛이 든 김장김치도 송송 썰고, 묵은지 한 포기도 씻어 구석에 끼웁니다. 꽁꽁 언 연분홍 볼락도 넣고, 새벽 장에서 산 표고버섯, 콩나물 두 봉지 채워줍니다.

먼 데 사는 둘째 딸 생일상 스티로폼 상자에 실어 보냅니다. 그제야 아픈 무릎을 만져봅니다.

'배송원입니다. 소중한 상품을 찾아가주세요.'

신봉로 아파트 1층 현관에 택배가 도착했습니다. 도착 문자를 받은 둘째 딸이 택배를 살펴봅니다. 택배상자가 비닐에 쌓여 있습니다. 자세히 보니 스티로폼이 찌그러져 김칫국물이 샙니다.

하얀 스티로폼 상자 바닥은 이미 붉게 물들었습니다. 낑 낑거리며 상자를 현관 앞으로 옮깁니다. 조심조심 들어 싱크대에 올려놓습니다.

두 겹 세 겹 칭칭 감아놓은 테이프를 뜯어내니 김칫국물로 뒤덮인 음식이 한가득입니다. 난리법석입니다. 둘째 딸의 찌푸려진 미간을 펴 주는 건 엄마가 보내준 시래기 뭉치입니다. 딸에게 그것은 보물입니다. 45년 지나도 변함없는 엄마 손맛입니다.

딸은 얼른 끄집어내 겉에 묻은 김칫국물을 씻어냅니다. 제일 큰 냄비를 꺼내 시래기 한 뭉치를 넣습니다. 정수기 물을 붓고 국물 멸치 한 움큼 집어 넣고 인덕션 전원을 켭니다. 물이 끓고 딱딱하게 굳은 시래기 뭉치가 조금씩 풀리기 시작합니다.

구수한 시래기국 냄새가 온 집안을 떠다닙니다. 비닐봉

지를 꺼내니 표고버섯이 보입니다. 제일 좋아하는 버섯입니다. 볼락도 꺼내고, 김치도 꺼내고, 콩나물도 꺼냅니다. 물컹한 무언가가 만져집니다. 미역국입니다. 찰밥도 발견합니다. 다 꺼내고서야 생일상이란 걸 알아챕니다.

"엄마, 택배 받았어요."

"박스 안 깨지고 잘 도착했나? 소고기 얼린 거랑 무 삐진 것도 넣으려다 못 보냈다."

"안 깨지고 잘 도착했어요. 이걸 언제 다 준비했대. 고마워요. 잘 챙겨 먹을게요."

전화를 끊고 나니 눈이 시큰합니다. 젓가락을 들고 조금 먹어봅니다. 찰밥은 따뜻하고, 미역국은 달큰합니다. 좋아하는 씻은 김치 한 줄기 씹어봅니다.

눈물이 왜 나는지 모르겠습니다. 눈물을 닦아내는데 보글보글 시래기국 끓는 소리가 들립니다. 시래기 뭉치들이 다 풀어졌습니다.

멸치를 꺼냅니다. 한 국자 떠서 맛봅니다. 석갑로 엄마 맛입니다. 선 채로 후루룩 마시고 아이들 저녁 밥상을 차려냅니다.

볼락 한 마리 오븐에 굽고, 표고버섯은 국간장과 깨소금

넣어 익힙니다. 콩나물은 살짝 데쳐 나물로 무쳐냅니다. 생
일밥상은 아이들 몫입니다. 외할머니표 찰밥, 미역국, 씻은
김치는 어느새 사라집니다.

딸은 뒤돌아 시래기국 한 국자 더 마십니다. 또 눈이 시
큰해집니다.

우리 집을 잃어버린
아버지

민 희 순

유쾌하고 새로움을 추구하는,
아침 숲 신선한 기운으로

"아주머니는 언제 들어왔어요? 나는 이제 곧 퇴원해요"

거실 소파에 앉아 아버지가 어머니에게 말했다.

아버지는 치매 환자이다. 병원에서 십 년 가까이 입퇴원을 하다가 올해로 여든 살 이제는 치매 환자가 되었다. 우리 집을 기억하지 못한다. 노년의 모든 공간이 병원이라고 생각한다.

이십 년 전 내가 결혼할 때 아버지는 알코올 중독 판정을 받았다. 술 없이는 살 수 없고, 시도 때도 없이 술주정에 가족들을 수시로 괴롭혔다. 그런데 치매가 아버지의 뇌를 장악했던 술도 머릿속에서 지워 버렸다. 술을 잊게 된 아버지는 가족에게 평화를 찾아 주었다. 그러나 동시에 사랑하는 가족과 소중한 집의 기억도 술과 함께 사라졌다.

아버지를 생각하면 떠오르는 단어가 있다. 술, 성실함, 절약이다. 어려운 살림살이에 외벌이로 네 자녀를 키우고 악착같은 어머니와 한 푼 한 푼 어렵게 생활을 이어 나가셨다. 두 살 터울 아이들이 중학생 고등학생이 되자, 어머니도 생활 전선에 나섰다. 공부한다고 객지로 하나둘 자식들이 떠나고, 엄마는 식당일등을 하며 밤늦게 귀가하는 일이 많아졌다.

술을 워낙 좋아하던 아버지는 친구들 만나면 술값이 아깝다고 혼자 김치에 깡소주를 드셨다. 내가 대학생이 되었을 무렵부터는 곡기를 끊고 술만 드시는 일이 두 달에 일주일씩 이어졌다.

인사불성이 되고, 술 없이는 못 견디셨다. 다시 정신 차리고 일을 하다가 또 증상이 반복되었다. 점점 그 주기가 짧아지더니, 내가 결혼하고 아이가 생길 무렵에는 술만 드시는 날이 한 달 동안 지속되기도 했다.

그때부터 아버지는 알코올 중독 치료를 위해 병원에 입원했다 퇴원을 반복하는 생활이 이어졌다. 아버지의 알코올 중독으로 인한 가족은 고통스러웠다. 특히 옆에서 지켜보는 어머니는 갖은 폭언과 폭력에 노출되어 정상이 아니었다. 가족들이 모이는 명절 때마다, 가족들은 밤새 지속되는 아버지의 술 폭력으로 스트레스가 극에 달했다. 사위들까지 오는 명절에 아버지와 같이 있으면 하루도 편한 날이 없었다.

병원에 입원해 있는 동안은 퇴원시켜 달라는 협박성 전화를 매일 했다. 그런데 작년부터 퇴원시켜 달라는 아버지 전화가 점점 사라졌다. 그리고 올봄 퇴원해서는 가족들을 알아보지 못했다. 이름을 말하면 그제야 잠시 누군지 알아봤다.

아버지는 순박하고 얌전한 젊은 시절로 돌아갔다. 식사하고 나면 성실하게 양치를 하고 엄마가 하라는 대로 순한 양처럼 따른다. 어머니를 잘 알아보지 못한다. 어머니가 아버지에게 "OO씨 사랑합니다. 고맙습니다"라고 말하면 배시시 어린아이처럼 웃는다. 아버지의 기억이 없다는 것만 빼면 이제 세상 편한 집이 되었다.

집으로 돌아온 아버지는 병원 생활이 습관이 되어 끼니때가 되면 두리번거리며 식당을 찾고, 식사 후에는 자기 방이 어디냐고 묻는다. 철저한 병원 위생 교육 때문인지 소변을 흘리면 안 된다고 시도 때도 없이 화장실을 들락날락하고, 수도 없이 손을 씻고 세수를 한다. 물만 마셔도 양치를 한다. 앞니는 과도한 양치질로 인해 염증이 생겨 치과 치료를 받을 정도이다.

어머니는 오랫동안 아버지가 병원 생활을 해서 치매에 걸렸다는 죄책감으로 아버지를 지극 정성으로 모시고 있다. 삼시 세끼마다 맛있는 음식을 준비하고 아버지가 조금이라도 식사를 더하도록 돌본다.

얼마 전 친정에 가보니 모든 벽면에 종이가 붙어 있었다. '우리 집'이라는 글씨와 아버지 이름, 어머니 이름을 달력 뒷면에 큰 글씨로 적어 집안 곳곳에 붙여 놓은 것이다. 우리 집을 알아보지 못하는 아버지를 위해 집안 곳곳에 붙인 어머니의 정성 어린 글씨였다. 눈물이 핑 돌았다.

아버지의 연세에, 알코올 중독 병력까지 있어 아버지의 치매는 자녀들에게 올 것이 왔다는 자연스러운 현상이었다. 아버지가 기억을 잃은 덕분에 비로소 집안에 찾아온 평화를 누리고 있었다.

하지만 어머니는 아버지와 젊은 시절 근검절약하면서

처음 마련한 집을 병원으로 착각하는 아버지를 보면서 매우 안타까워하시는 것이었다. 같이 고생했던 젊은 시절을 떠올리며 아버지의 모습에 서글퍼하셨다.

아버지의 치매는 우리 가족에게 아버지의 알코올 중독에서 해방된 평화를 가져다주었지만, 아버지와의 추억을 사라지게 했다.

얼마 전, 남동생 결혼을 앞두고 평균 연령 87살인 친척 어른들이 모였다. 아버지를 포함한 어르신 여섯 중 셋은 치매 환자였다. 손자 손녀들을 알아보지 못하고 큰 소리로 같은 질문을 또 묻고, 또 물었다. 웃지도 울지도 못하는 상황을 보면서 복잡한 감정이 들었다.

어머니가 집안 곳곳에 적어둔 '우리 집'이라는 글씨를 보지 않고도 아버지가 우리 집을 알아볼 수 있는 날이 올 수 있을까? 눈물이 앞을 가린다. 아버지의 모든 기억이 지워진 지금, 집안은 평화롭다. 나의 이 눈물은 악어새의 눈물일까, 슬픔의 눈물일까?

아버지는 순박하고 얌전한 젊은 시절로 돌아갔다. 식사하고 나면 성실하게 양치를 하고 엄마가 하라는 대로 순한 양처럼 따른다. 어머니를 잘 알아보지 못한다. 어머니가 아버지에게 "00씨 사랑합니다. 고맙습니다"라고 말하면 배시시 어린아이처럼 웃는다. 아버지의 기억이 없다는 것만 빼면 이제 세상 편한 집이 되었다.

귤 냄새

박 미 정

숫자의 바다에서 글을 짓는 임팔라

오랜만에 셔틀버스를 타고 출근했다. 전날 퇴근 후 몇몇 회사 동료들과 회사 앞 식당에서 술자리가 있었는데 마치고 나오는 시간이 마침 셔틀버스 시간과 맞아서 차를 회사 주차장에 두고 갔다. 6시 50분 셔틀을 타기 위해 평소보다 30분 일찍 일어났다. 출근 준비를 하고 서둘러 집을 나오려다가 귤 더미가 놓여 있는 식탁 위로 눈이 갔다. 얼른 두 개를 집어 양쪽 주머니에 하나씩 넣었다.

회사에 도착해서 자리에 앉아 노트북을 켜면서 귤을 깠다. 귤 아래 중간 부분을 손톱으로 눌러 틈을 만들었다. 손가락을 그 틈에 비집고 넣어 껍질을 벗겨냈다. 귤껍질에 틈이 생기자마자 안에 갇혀 있던 냄새가 터져 나왔다. 소리도, 모양도 없었지만 코로 들어온 귤의 냄새 세포는 내 머릿속에 전해져 소리와 모양을 만들어냈다. 아직 귤을 입에 넣지 않았는데도 내 머릿속에서는 탱글탱글 귤 알맹이가 터지고 있었다.

귤 알맹이를 입안에서 톡톡 터트리고 있는 곳은 기차 안이었다. 다섯 살? 아니면 여섯 살? 나는 기차 안에서 귤을 까먹고 있었다. 귤껍질이 알맹이에서 떨어져 나가는 소리가 왠지 모르게 부드럽고 기분이 좋았다.

귤은 껍질이 벗겨지기 시작하는 순간부터 냄새를 풍겼다. 기차 안에 귤의 냄새가 가득 찼다. 귤의 두꺼운 바깥 껍질을 분리해내고 나면 바깥 껍질을 미처 따라가지 못한 하얀 속껍질이 군데군데 남았다.

속껍질을 하나하나 공들여 떼어냈다. 결을 따라 하얀 껍질이 끊기지 않게 떼어내려고 애썼다. 한참을 공들여 작업하고 나면 때를 벗긴 알몸처럼 말랑말랑한 맨살이 된다. 하나를 조심스럽게 떼어냈다.

가끔 서로 맞닿은 투명한 껍질이 따라와 떨어지는 경우가 있다. 그러면 투명한 껍질 안에 알알이 모여있는 좁쌀만 한 알맹이들이 반짝거리며 드러났다. 아주 작은 오렌지색의 물방울 모양의 알맹이를 하나 조심스럽게 떼어 입안에 넣었다. 그 조그만 알맹이도 단단하고 야무지게 모양을 만들고 있었다. 탱글탱글한 그 작은 것이 내 입안에 들어가 톡 터지는 것이었다.

귤은 기차 안의 역무원 수레에서 엄마가 사주셨을 것이다. 부모님의 과수원이 있는 경기도에서 대구 할머니 댁으로 가기 위해 엄마와 기차를 탔던 것 같다. 보통은 아빠와 함께 아빠의 트럭으로 이동하지만 그날은 무슨 일인지 아빠는 없이, 엄마가 동생과 나를 데리고 기차를 탔다.

아빠에게는 2인승 1톤 트럭이 있었다. 과수원을 하면서 사과 상자나 부피가 큰 짐들을 운반해야 하는 일들이 많으니 필요에 의해 선택한 것이었다. 하지만 아빠, 엄마, 언니 둘과 남동생 그리고 나까지 6명의 가족이 타기에 그 트럭은 너무 불편했다.

운전석과 보조석, 그리고 그 가운데 일반 좌석의 3분의 2정도 되는 크기의 애매한 자리가 있었다. 일반 의자처럼 폭신하지 않고 딱딱했다. 그때는 그게 의자 중 하나인 줄 알았는데 지금 생각해 보니 잡동사니를 두는 곳이었던 것 같다.

좌석 뒤쪽에 좁은 실내트렁크 같은 공간이 있었다. 깊이가 30센티 정도 되려나. 아빠가 운전석, 엄마가 보조석에 앉고 나면 중간 자리에 누군가가 불편한 자세로 앉았다. 4명이 타게 되면 뒷 좁은 실내트렁크에도 1명이 탔다. 5명이 타게 되면 트렁크에는 2명이 끼어 탔다. 6명이 모두 타려면 엄마의 무릎도 의자가 되었다.

다행인지, 6명이 모두 함께 타는 일은 드물었다. 우리 가족은 다 함께 살았던 적이 없다. 동생이 태어나기 전 큰 언니가 초등학교 입학을 위해 대구 할머니 댁으로 갔다. 기차에 대한 로망도 로망이었지만 불편한 아빠의 트럭이 아니라 폭신한 나의 자리가 있는 기차를 타는 것은 정말 신나는 일이었다.

기차 안 수레가 지나갈 때마다 눈이 커졌다. 수레 안의 어떤 것도 놓치지 않겠다는 의지였다. 그 안에서 최선의 선택을 해야 했다. 엄마가 하나만 고르라고 하기 때문이었다. 주로 소시지, 바나나우유, 삶은 계란 중 하나가 선택되곤 했다. 하지만 그날은 빨간색 그물망에 일자로 가지런히 들어있는 귤이 눈에 띄었다.

우리 집은 사과 과수원을 했었다. 과수원을 한다고 해도 형편이 넉넉하지 않았으므로 나의 입으로 들어가는 사과는 90% 이상이 썩거나 흠이 있어 상품성이 떨어지는 사과였다.

제사상에 올려지는 배, 귤, 감은 정말 귀하게 먹을 수 있는 과일이었다. 평소에는 우리 과수원에서 나는 사과뿐이지만 제사가 있는 날은 차례상에 올릴 다른 과일들을 시장에서 사 왔다. 귤은 그중에서도 제일 눈길이 가는 과일이었다.

아빠는 귤을 깨끗하게 물에 씻어 껍질 윗부분의 절반 정도까지 피자 조각을 내듯 칼집으로 여섯 조각 선을 그었다. 껍질을 칼집이 난 자리대로 조심스럽게 벗겨 안으로 둥글게 말았다. 둥글게 말린 여섯 조각의 껍질이 꽃잎처럼 귤 알맹이를 감쌌다.

제사가 끝나고 나면 귤은 조금 건조해졌다. 크고 건조해진 심심한 귤이지만 평소에는 먹지 못하는 귀한 과일이라 서로 차지하기 바빴다.

그날 그 기차 안에서 맛보았던 귤은 제사상에 올랐던 귤보다 훨씬 달콤하고 고급졌다. 제사상의 귤은 보기 좋으라고 크기가 큰 것을 골랐다. 기차에서 파는 귤은 대여섯 살

아이의 주먹만 한 크기에 훨씬 말랑했다. 건조하지도 않았다. 적당히 새콤하면서 달콤했다. 소중한 알맹이를 하나씩 조심스럽게 떼어 입에 넣었다. 기차 안 나의 자리에 앉아 소중한 귤 알맹이를 하나씩 조심스럽게 떼어 입 속에 넣었다. 입 속에서 말랑한 귤 알맹이를 터트리고 있는 그 순간만큼은 흠과만 골라 먹는 사과 과수원집 딸이 아닌 것 같았다.

나는 회사 내 자리에 앉아 입 속의 귤을 터뜨리며 노트북을 켰다.

'불오짱*'

박 미 정

숫자의 바다에서 글을 짓는 임팔라

* '불쌍오아짜증'의 준말

나는 일상적으로 자동차 연료경고등에 불이 켜져 있고 심지어 연료가 바닥나서 자동차가 멈추는 상황을 세 번이나 겪어야 했던 내가 불쌍하다. 자동차에 기름을 채우는 데는 고작 10분도 걸리지 않는데 그 정도의 여유를 갖지 못하는 내가 짜증난다.

　　결혼 후 팀 내 사내 커플이라는 이유로, 다른 팀으로 전배되었던 내가 불쌍하다. 진급 동기인 남편이 진급할 때 유산으로 인한 휴가를 구실로 진급에 누락된 내가 불쌍하다. 전배에 대한 요구에 당당히 싫다고 하지 못했던 내가 짜증난다. 둘 중 하나라도 진급이 되었으니 섭섭하게 생각하지 말라는 주변의 위로에 웃어넘겼던 내가 짜증난다.

초기 유산이기는 했지만 두 번의 유산으로 힘들었던 내가 불쌍하다. 유산 수술 후에도 하루도 휴가를 쓰겠다고 말하지 못하고 야근까지 했던 내가 짜증난다.

저녁 육아 당번인 날은 으레 저녁 끼니를 거르고 돌봄 이모님이 퇴근하시는 시간에 맞추어 귀가해 맥주로 배를 채우는 내가 불쌍하다. 아이들이 잠들고 난 후에도 남은 회사 업무를 하느라 침대에 눕지 못하는 내가 불쌍하다. 저녁 먹는 고작 30분을 아끼며 몸을 학대하는 내가 짜증난다.

아이들과 시간을 보낼 때면 회사 걱정에 마음이 불편하고, 회사에서 일이 많아 야근, 특근을 하거나 집에서까지 일을 해야 할 때면 아이들 걱정에 마음이 불편한 내가 불쌍하다. 아이들과 시간을 보낼 때면 아이들에게 집중하지 못하고 업무를 할 때면 업무에 집중하지 못하는 내가 짜증난다.

회식으로 과음을 하고도 힘든 몸을 이끌고 아이들을 챙기고 출근도 해야 하는 내가 불쌍하다. 과음 후 힘들 것을 알면서 회식 때면 항상 과음하는 내가 짜증난다. 과음 때문에 사무실에서 헤롱헤롱 정신을 못 차리고 심지어 골방에서 몰래 잠을 자기도 하는 내가 짜증난다.

방이 두 개인 부모님 집에 모두 모일 때면 올케 불편하지 않게 막내 남동생 가족에게 방 한 칸, 형부 불편하지 않게 둘째 언니 가족에게 방 한 칸. 항상 거실에서 있어야 하는 나와 아이들이 불쌍하다. 겨우 하루 이틀 지내는 것을 가지고 얼굴도 잘 쳐다보지 않고 묻는 말에 대답도 하지 않으면서 엄마 마음을 불편하게 하는 내가 짜증난다.

월급을 받으면 학원비, 관리비, 보험료, 베이비시터 월급이 이체되고 통장 잔고가 남지 않거나 모자랄 때도 있는 내가 불쌍하다. 매월 부족할 줄 알면서도 인스타그램에서 광고하는 물건에 현혹되어 일주일에 몇 번씩 구매하기를 눌러대는 내가 짜증난다. 몇 달에 한 번씩은 꼭 백화점을 돌면서 필요하지도 않은 물건을 사는 내가 짜증난다

내가 잠깐 숨돌릴 틈이 생기면 귀신같이 알아차리고 찾아와 '딸기 먹고 싶어' '아이스크림 먹고 싶어' '같이 영화 보자' '같이 보드 게임하자' 하는 아이들의 말에 엉덩이를 붙이지 못하는 내가 불쌍하다. 잠깐 참고 들어주면 되는 것을, 어차피 다 할 거면서 자주 욱해버리는 내가 짜증난다.

평일에는 육아, 회사 때문에 자는 시간 말고는 숨 돌릴 틈 없이 바쁘고 주말에는 평일에 못들어 준 아이들의 요구

174

사항에 맞춰 이리저리 바쁜 내가 불쌍하다.

피곤하고 졸린 상태로 비몽사몽 아슬아슬한 하루하루를 보내는 내가 불쌍하다. 그러다가 조금이라도 여유가 생기면 뭘 또 해볼까 고민하는 내가 짜증난다.

캠핑, 스키장, 골프 등 아무 일정 없이 주말을 쉬지 못하는 내가 짜증난다.

밀린 업무가 하나 정리되기도 전에 또 다른 업무지시를 받고 자꾸만 쌓이는 업무에 마음 불안한 내가 불쌍하다. 같은 조직에 오래 있어 업무가 익숙하다는 이유로 남들 두 배의 일을 하고 있는 내가 불쌍하다. 다른 조직으로 이동하고 싶어도 팀장이 바뀌니, 다른 팀원이 주재원 발령이 나서 공백을 메꾸느라 이동하지 못하는 내가 불쌍하다.

눈물이 날 정도로 마음이 답답해도 앞에서는 정작 안 한다고 말하지 못하는 내가 짜증난다. 그 와중에 팀장 마음에 들지 않는 다른 팀원은 다른 팀으로의 전배를 위해 면담을 하고 내가 할 수 있는 것은 짜증을 내는 것밖에 없다는 사실이 짜증난다.

나는 내가 불쌍하다. 그리고 동시에 짜증난다. 나를 불쌍하게 만드는 내가 짜증난다.

아빠의
대리운전기사

반 수 정

새로운 시작을 즐기는 도전자

반여동 근처에는 공터가 많았다. 흙먼지가 날리고 돌투성이 바닥에 잡초 몇 개만 듬성듬성 난 곳이었다. 아무도 다니지 않는 외딴곳 그런 땅이었다.

　아빠는 나를 차에 태우고 그 공터에 갔다. 공터에 도착하면 그때부터는 내가 운전대를 잡았다. 시동을 켜고 클러치를 밟고 브레이크도 밟고 중간중간 액셀도 밟았다. 시동은 3분에 한 번씩 꺼졌다. 내가 운전하는 그 차는 시동이 켜졌다 꺼지기를 반복하다가 공터를 20바퀴 정도 돌면 1시간이 흘렀다. 아빠는 조수석에 앉아 클러치, 브레이크, 엑셀을 외치며 고함을 질렀다. 차 뚜껑이 날아가도 이상하지 않을 정도의 볼륨이었다.

아빠 차는 15인승 승합차였다. 차를 모르는 나는 백미러로 쳐다보면 차의 끝이 보이질 않았다. 그 기다란 차로 아빠는 나에게 운전을 시켰다. 학력고사를 치르고 겨울방학이었다. 아직 고등학교 졸업식을 하지 않았으니 12월과 1월이었다. 요즘은 여자도 운전해야 한다면서 아빠가 출근하지 않는 날마다 그 공터로 같이 갔다.

공터에서의 운전 연습 생활을 하다가 대학교 입학을 했고 아빠의 권유 반 잔소리 반으로 운전면허 시험접수를 했다. 접수할 때 수입인지를 붙이는 두꺼운 종이 원서를 받았다. 운전면허 필기 문제집을 사서 공부했다. 문제집은 초등학교 때 풀던 동아 전과에서 나오는 수련장처럼 길게 생겼다. 용호동 운전면허시험장으로 가서 필기시험에 합격했다.

기능시험은 T자 S자 코스 시험이었고 후진도 해야 했다. 아빠 차를 몰려면 1종 면허를 따야 해서 면허시험장의 트럭으로 시험을 보았다. 트럭은 승합차와 달리 기어도 핸들 옆에 붙어 있었다. 낯설었다.

코스 시험에 합격한 후 주행시험이었다. 순서를 기다리는 내 주변에는 대학생인 나보다 훨씬 나이 많은 아저씨,

아주머니가 있었고 긴장된 얼굴을 하고 있었다. 탈락을 알려주는 삐 소리가 들리면 주행시험 도중에 사람들은 트럭에서 내려서 한숨을 내쉬었다. 수입인지를 더이상 붙일 곳이 없는 종이 원서를 들고 있던 어떤 어른은 울었다. 나는 어려운 언덕도 통과하고 시동을 꺼트리지 않아서 합격했다. 나는 운전면허 학원에 다니지 않았고 아빠의 고함과 공터에서의 노력으로 면허증을 땄다.

아빠에게 합격 소식을 알렸고 나의 전화를 받은 아빠는 기쁜 마음에 회사에서 조퇴하고 나왔다. 아빠는 고생했다며 부전시장에서 점심을 사주었다. 국밥이었던 것 같다. 아빠는 운전면허 합격했으니 받고 싶은 선물을 이야기하라고 했고 난 옷을 사달라고 했다. 1991년 그 당시 내가 우리 과에서 제일 먼저 운전면허를 땄을 정도로 대단한 업적처럼 보였고 친구들은 나를 부러워했다. 내가 어깨를 으쓱한 것보다 더 아빠는 나의 운전면허 취득을 좋아했다.

아빠는 퇴근하고 오면 항상 차를 다음날 바로 나갈 수 있도록 후진으로 주차했다. 근데 내가 운전면허를 딴 다음 날은 아니었다. 아빠는 아파트 주차장에 있는 승합차를 나가기 좋게 돌려놓으라고 했다. 아침에 차 키를 주고 집에서 나와보지도 않고 나한테 맡겼다. 아파트 주차장은 좁았고 주변에는 온통 남의 차들이 빼곡했다. 남의 차를 안 박으려고 혼자서 후진과 전진을 백 번 정도 반복하다가 차를 나가는 방향으로 해놓았다. 다음날도 그다음 날도 계속했다. 3주의 연습으로 스스로 주차의 달인이라고 생각했다.

3주가 지나고 아빠는 출근길에 나에게 운전대를 맡겼다. 덜덜 떨렸다. 핸들을 꽉 붙잡고 손을 떼지 않았다. 비 오는 날은 와이퍼 작동 버튼까지 손을 움직이지 못해서 조수석의 아빠가 작동시켰다. 그래도 차는 갔고 아빠는 차선을 바꾸거나 양보하는 매너, 기다리는 배려도 알려주었다. 기준 속도를 맞추지 못하고 느리게 가면 아빠는 민폐 주지 말라고 고함을 질렀다.

1교시 수업이 없는 날에도 아빠의 출근길을 동행하며 내가 운전해야 했다. 가는 길 내내 차 안은 아빠의 익숙한 고함으로 가득했다. 출근길 중간쯤 운전석에서 내가 내리면 아빠는 학교 잘 다녀오라며 친절한 아빠의 모습을 찾았다. 거기서부터 아빠가 운전했고 난 전철을 타고 일찍 학교에 갔다. 나는 어쩔 수 없이 부지런한 학생이 되어 있었다. 그렇게 4학년 졸업 때까지 다녔다.

아빠는 술 한잔하는 걸 좋아했다. 차를 타고 어디 가면 술을 못 마셔서 늘 아쉬워했다. 그래서 나의 운전면허를 재촉했다고 했다. 내가 아빠의 대리운전기사가 되는 그날만을 기다리며 스파르타식 운전을 가르쳤다.

아빠의 대리운전 기사 배출은 성공적이었다. 출근길의 반을 내가 운전했고 퇴근길에 술 마셨으니 차 가지러 오라고 아빠가 전화하면 나는 버스 타고 아빠의 술자리까지 갔다. 나의 상견례 자리에 갈 때도 원피스 입고 부산에서 대전까지 운전했고 친척들 모임에 운전하는 건 가족들도 익숙해졌다. 성묘 갈 때 삼촌들 숙모들 모두 태우고 부산에서 예천까지 왕복 운전을 했다.

경력이 쌓이면서 삼촌 숙모가 걱정하던 운전자에 대한 불신도 희미해졌다. 아빠는 나를 자랑스러워했다. 나도 아빠의 고함 따위는 잊었고 아빠처럼 농담도 하면서 운전했다. 운전은 의외로 재미있었다. 나중에는 아빠가 술 안 마셨을 때도 내가 먼저 대리운전을 하겠다고 요청하기도 했다. 20대 시절의 운전은 하늘을 나는 것같이 신났고 호기로웠다.

몇 살인지 기억은 잘 안 나지만 오래된 사진으로 보면 5

살 정도에 아빠를 따라 차 타고 낚시를 갔었다. 아빠는 나를 데리고 어디 강가 근처에서 낚시했고 난 자갈돌 밭에서 놀았다. 그때는 아빠 차 조수석이 엄청 넓었었다. 내가 누워도 자리가 남았다. 아빠의 운전하는 모습이 멋져 보였고 나도 운전하고 싶었었다.

내가 운전면허를 딴 후에는 조수석에 아빠가 앉았다. 넓었던 조수석 자리에 아빠가 앉으면 차가 꽉 찼고 나의 운전 시간이 든든했다. 아빠의 고함은 나의 운전 시간만큼 지속되었다. 운전과 고함은 딱 붙어 있었다.

아빠가 술을 마시고 조수석에 앉아서 꾸벅꾸벅 졸 때는 나의 대리운전이 더 돋보였다. 아빠는 나를 믿고 운전대를 맡겼고 나는 아빠의 대리기사 역할을 성공적으로 해냈다.

이제는 아빠의 대리운전 기사 노릇을 할 수가 없다. 아빠는 나에게 운전하는 즐거움과 매너, 여유를 가르쳐 주고 20년 전에 하늘나라로 갔다. 아빠의 고함이 그립다.

그날부터

반 수 정

새로운 시작을 즐기는 도전자

1993년 3월 30일 월요일 새벽 4시에 일어나서 엄마가 차려준 밥을 대충 먹었다. 김해공항까지 1시간 정도 걸리니까 7시 첫 비행기를 타려면 5시에는 나와야 했다. 밥도 서두르고 씻는 것도 서둘렀다.

아빠 차를 타고 가면서 비행기 표를 깜빡 잊었다고 거짓말했더니 아빠는 웃으면서 공항에서 살면 되겠네, 라며 믿지도 않았다. 농담을 주고받으며 첫 직장인이 된다는 기대에 둘 다 마음이 들떴다.

며칠 전 금요일 오후에 집으로 온 전보 내용은 월요일 10시까지 수원 경기도교육청에 오라는 것이었다. 발령장이었다. KTX가 생기기 전이었고 토, 일 이틀의 시간 동안 알아본 새마을호 기차표는 자리가 없었다. 그래서 비행기를 타기로 했다.

내가 졸업하던 해에는 부산보다 경기도에서 빨리 발령받을 수 있었기에 경기도로 임용을 보았었다. 부산은 나중에 전보 내신으로 갈 수 있다고 생각했다.

김포공항으로 가는 7시 비행기를 탔다. 대학교 졸업여행 이후 처음 타본 비행기 탑승은 내가 멋진 사람이 된 느낌을 주었다. 8시 공항에 내려서 버스와 1호선 전철을 타고 수원에 갔다. 제시간에 도착하지 못하면 어쩌나 마음은 급했지만, 전철 안에서는 뛸 수도 없었다. 조원동에 있는 경기도교육청에 10시에 겨우 도착했다.

장학사의 간략한 안내설명 후 나에게 준 종이에는 경기도 양평이 발령지라고 쓰여 있었다. 경기도에 온 것도 생전 처음인데 양평이라는 곳이 있는지도 몰랐다. 학교 다닐 때 배웠나 기억이 나지 않았다. 나의 기억은 중요하지 않았다. 그냥 가야 했다.

장학사는 나에게 빨리 수원 버스터미널로 가면 양평 가는 12시 30분 버스를 탈 수 있다고 말했다. 난 서둘렀고 시외버스를 탈 수 있었다. 이제부터는 정해진 약속 시간은 없어서 마음이 급하지는 않았다. 시외버스 창밖으로 보이는 경기도를 바라보았다. 초록빛이 보이지 않는 경기도는 겨울 같았다.

양평 터미널에서 읍내의 교육청까지 택시를 탔다. 나중에 알고 보니 걸어가도 되는 거리였다. 교육청에 도착하니 장학사는 바쁜지 기다리라고 했다. 3시부터 1시간 넘게 기다렸다. 지루했지만 사회 초년생은 선택권이 없었다. 그냥 기다렸다.

나를 잊은 게 아닌지 걱정할 때쯤 장학사가 오더니 옥천초등학교와 강상초등학교 두 개가 있으니 고르라고 했다. 옥천초등학교든 강상초등학교든 두 학교에 대해 아는 게 없는 나는 대답을 못 했고 장학사는 옥천초등학교로 지금 발령장을 들고 가라고 했다.

택시를 탔다. 강을 따라 도로를 달렸다. 오늘의 목적지가 점점 다가오고 있었다. 옥천초등학교에 갔더니 오후 4시 50분이었다.

학교 건물은 2층이었고 커다란 나무로 둘러싸인 운동장이 넓었다. 구령대가 있는 곳이 중앙현관인 듯했다. 삐걱 소리가 나는 나무 바닥 복도를 밟고 교무실 앞에 도착했다. 다시 마음이 급해졌다.

복도에서 창문 너머 본 교무실 풍경은 안에서 회의하고 있는 것 같았다. 교사들은 5시 퇴근이라고 어렴풋이 아는데 조금 있다가 모두 집에 가면 어쩌지 덜컥 겁이 났다. 떨리는 마음에 문을 열려고 했을 때 회의가 끝났는지 모두가 나왔고 나는 안녕하세요! 라고 말했다.

교감이 나와서 나를 데리고 교장실로 갔다. 교장은 부산에서 여기까지 어떻게 왔냐고 물었고 난 기차표가 없어서 비행기를 타고 왔다고 말했다.

월급을 아직 받지도 않은 선생이 비싼 비행기를 타고 왔다며 교장은 호통을 쳤고 나는 눈물을 참았다. 교장은 오늘이 발령일이니 내일부터 근무하라고 말했다. 난 핸드백 하나 달랑 들고 와서 집에 다녀와야 한다고 했다.

교장은 월급은 오늘부터 나오는데 가긴 어딜 가냐고 했다. 이번에는 눈물이 참아지지 않았다. 아빠와 비슷한 나이의 남자 두 명 앞에서의 눈물은 부끄러움보다 슬펐다. 아빠 생각이 났다.

나의 눈물을 본 교감은 잠잘 짐은 챙겨와야 한다고 나의 편을 들어주었고 살 곳은 있냐고 물었다. 살 곳이 없다고 했더니 오늘 날짜로 다른 곳으로 발령난 전임자 김 선생이 쓰던 자취방을 쓰면 되겠다고 했다. 자취방 주인을 잘 알고 있으니 물어봐 준다고 했다.

살 집 걱정을 덜었다. 휴지가 있었으면 좋겠다고 생각했으나 손으로 대충 눈물을 닦았다.

짐을 챙겨서 4월 1일에 올라오겠다고 말했고 교장은 그러라고 했다. 학교를 나섰다. 어디로 가야 할지 몰랐다. 부산에 가려면 일단 서울로 가야 했다. 양평에서 서울 가는 비둘기호 기차는 시간이 안 맞아서 못 타고 서울 상봉 터미널 가는 버스를 탔다.

상봉 터미널에 내렸더니 저녁 8시였다. 그제야 배가 고프고 추웠다. 새벽 4시에 엄마가 해준 밥 이외에는 오늘 하루종일 아무것도 못 먹었다. 낮 동안은 배가 고플 시간이 없었고 먹을 시간도 없었다는 걸 배도 아는 것 같았다.

하루종일 각종 교통수단을 모두 타 본 것과 교장실에서 혼난 것 말고는 기억나지 않았다.

24살의 나는 이제 어떻게 해야 하는지 몰랐다. 울고 싶었는데 상봉 터미널의 어둠과 가끔 보이는 정차한 택시와 모여서 담배 피우는 택시 기사들이 무서워서 울지도 못했다.

공중전화로 가서 엄마한테 전화했다. 엄마, 나 어떡해…….

오늘의 두 번째 눈물이 나왔다. 내가 갈 곳이 없는 걸 주변에 들킬까 봐 우는 것도 통화하는 것도 작게 했다. 부산 가는 버스는 이미 없었고 기차는 이미 끊어진 시각이었다. 새마을호 기차가 5시간가량 걸려서 부산에 도착하니 아마도 서울역에서 오후 7시가 막차였을 것이다.

하루종일 뭘 타고 다녔는데 막상 집에 돌아가기 위한 탈 것이 없었다.

엄마는 전화를 잠깐 끊어보라고 했고, 다시 걸었던 전화로 엄마는 언니의 중학교 때 담임선생 집을 알려주었다. 목동이었다. 언니가 중학생이고 내가 초등학생이었던 무렵 우리 집 뒷집에 살았던 담임선생과는 아주 가깝게 지냈었다.

나는 그 집 아기 보러 거의 매일 놀러 갔었다. 하지만 그 집 아저씨가 서울에 있는 대학교 교수가 된 후에 서울로 이사를 갔다. 내가 중학생이 된 후로는 엄마만 간혹 전화 통화를 했던 것 같다.

전철을 타고 목동을 갔다. 몇 년 만에 인사했다.

"아이고 수정이 왔냐?"

"선생님, 저도 선생님이 되었어요."

그동안 선생님 댁은 영국에 교환교수로 있느라 2년을 런던에서 살았다고 했다. 내가 유모차에 태워주고 손잡고 놀던 아기들은 초등학교, 중학교에 다니고 있었다. 그들은 집에서 영어를 일상으로 사용하고 있었다. 나의 세월과 그들의 세월이 한꺼번에 느껴졌다.

하룻밤을 선생님 집에서 자고 첫 비행기로 부산에 갔다. 24시간 동안 14번이나 혼자 뭔가를 타며 전국을 이동했던 나는 그제야 어제의 부산과 오늘의 부산이 다르다는 걸 알았다. 24시간의 여행을 뒤로하고 짐을 챙겼다.

4월 1일에는 비행기를 타지 않았다. 아빠 차를 타고 김 선생이 쓰던 자취방에 도착했다. 급히 발령 난 김 선생의 짐이 남아 있던 자취방에 내 짐도 같이 놓았다. 이번에는 한 번에 옥천초등학교까지 갔다. 짧은 거리였다.

교장은 이제 경기도에 왔으니 학생들 앞에서 사투리는 쓰지 말라고 했다. 교장실에서의 두 번째 눈물이 찔끔 났지만 괜찮았다. 나도 이젠 경기도 사람이니까. 사투리를 하지 않으려면 말하지 않아야겠다고 혼자 마음먹었다.

그날부터 나의 자취와 홀로서기와 사투리 금지의 교직
생활을 시작했고 세 번의 눈물과 온갖 탈것의 첫날은 세월
과 함께 서서히 잊혀졌다.

나는 오늘도 뛴다

서 형 운

내가 보는 걸 보여주고 싶어서 글을 쓰는

나는 섬유근통증후군이다. 고등학교 1학년 때 허리 통증이 잦아져 병원을 갔다가 알게 되었다. 만성적인 전신 통증과 피로감을 일으키는 질환이다. 남들보다 선천적으로 근육이 약해 잘 늘어나는 것도 특징 중 하나다. 아직까지 명확한 원인이 밝혀지지는 않았지만 유전적 요인, 스트레스, 호르몬 변화, 수면 장애 등이 관련되어 있다고 알려져 있다.

무거운 걸 들면 근육이 늘어나 반깁스를 해야 하고 손목과 발목에는 보호대를 해야 한다. 무언가가 날 지탱해야 내 몸은 겨우 서 있을 수 있다. 장도 예민하다. 아침에 뭔가를 잘못 먹으면 속이 안 좋아 병원에서 한 시간은 있어야 한다. 그래서 이제 아침을 굶는 건 당연한 일상이 됐다.

언젠가 촬영 중 근육 통증이 몰려와 잠시 쉬고 있을 때 친구가 내게 어디가 아프냐고 물었다. 내가 섬유근통증후군을 설명하자 그 뒤로 촬영장에 있는 모두가 내게 물건을 들지 못하게 했다. 나를 배려해 준 고마운 행동이었지만 나 혼자 그 안에서 소외된 느낌이 들었다. 그 이후로 난 아파도 아픈 티를 내지 않았다.

기존에 다니던 병원에는 자주 찾아갈 수가 없어 집 근처 병원에 자주 찾아갔다. 내가 다섯 번째 병원에 가자 의사 선생님이 날 아래위로 훑어보시더니 말했다.

"근데 뭐 이렇게 자주 아파? 학교에서 뭐 하는 거 있어요?"

"아……. 제가 예고 영화과를 다녀서요. 촬영장에서 자주 무거운 걸 드니까 아픈 것 같아요."

"아니 그럼 영화를 안 해야지. 그쪽은 그냥 간호과를 가서 공부하고 영화 촬영은 가끔 뭐 취미로 해요."

"네?"

"그 몸으로는 뭘 할 수가 없어. 아무리 하고 싶어도 몸에 맞는 걸 해야지."

나는 그 뒤 병원을 다른 곳으로 옮겼다.

촬영장에서는 늘 파스를 붙이고 산다. 촬영장에 가면 보통 아침을 주는데, 나는 아침을 먹을 수 없으니 굶었다. 어떤 날은 점심도 굶었다. 아침을 든든하게 먹은 아이들이 점심을 요구하지 않았기 때문이다. 그런 날을 대비해 나는 삼각김밥 같은 간단한 먹거리를 갖고 다닌다.

3학년이 되어 선생님들과 이야기를 하면서 내 상황을 이야기하게 됐다. 그럴 때마다 선생님들은 말씀하셨다.

"우리가 하는 일은 체력이 정말 중요해. 네 몸으로 버틸 수 있겠니?"

의사 선생님까지 진로를 바꾸라고 할 정도였으니 정말 나는 영화를 할 수 있을까, 의문이 든다.

그러나 나는 여전히 촬영장이 좋다. 날 좋은 봄가을은 물론, 친구들과 얼음 가득 들어간 아이스아메리카노를 마시며 더위와 잠을 쫓아내던 여름 촬영 현장. 손발이 찢길 것처럼 춥지만 다 같이 작은 핫팩에 손들을 모으던 겨울 촬영 현장. 서로 눈빛을 보는 것만으로도, 아이들의 목소리 톤만 봐도 어떤지 아는 촬영장의 공기. 나는 촬영장에 가는 걸 포기할 수 없다.

의사 선생님은 말했다. 내 근육은 약하고 잘 늘어나지만 근력 운동을 해서 근력을 키우면 일상 생활은 지장이 없을 거라고.

그 말을 듣고 엄마는 2층 아빠 방이었던 끝방을 정리하고 운동 기구를 들여놓았다. 그리고 나는 매일 그곳에서 달리기를 하고 근력 운동을 한다. 비록 내 몸은 다른 사람보다 약하지만, 내가 하고 싶은 일을 하기 위해서는 내 몸을 강하게 만들어야 하므로.

나도 모르겠다

서 형 운

내가 보는 걸 보여주고 싶어서 글을 쓰는

예술 고등학교 영화과를 다니면서 글을 쓸 때는 작고 구체적인 이야기를 쓰라는 것이었다. 최대한 현실적인 이야기를 쓰라고 했고, 되도록 판타지는 피하라고 했다.

고등학교 1학년의 난 판타지만 쓰고 싶었다. 그러나 현실적인 이야기를 쓰라고 했으므로 난 판타지 관련한 이야기는 쓴 적이 없다. 가장 후회되는 순간이 그때다. 쓰고 싶은 걸 잃어버렸다. 잊은 건 아니다. 정확히 기억하지만 나에게 남아 있지 않아서 쓸 수가 없다.

글을 쓰고 나면 나에게 오는 피드백들은 모두 직설적이고 공격적이었다. 나도 그 말을 닮아 가면서 입이 점점 험해졌다. 촬영장을 나가면 다치는 일이 허다해서 파스와 한 몸이 되었다. 정신적으로도 신체적으로도 난 망가져 있다.

한번은 언니가 자기 전 나에게 불을 끄라고 얘기했을 때 나는 싫다고 했다.

"그냥 좀 꺼."

"싫다고! 언니가 켠 불은 언니가 꺼!"

"너 왜 이렇게 싸가지가 없냐, 진짜?"

난 등을 돌리고 자는 척했지만 울었다. 눈에서 눈물이 나고 코가 시큰거렸다. 속으로 계속 말했다.

'언니 미안. 나도 내가 싫어. 왜 그렇게 말했을까.'

그러나 말은 밖으로 나오지 않고 눈물만 났다.

나는 사람 말 듣는 걸 좋아한다. 사소한 것에도 크게 웃고 내가 아는 게 있으면 얘기하는 걸 좋아한다. 그러나 지금의 나는 남들 말에 쉽게 짜증을 내고 조용하고 소심하고 쉽게 휩쓸리고 어둡다. 지금이 싫다. 나 스스로 내가 싫은데 남들은 어떻게 볼까. 내 뒤에서 내 욕을 하지는 않을지 늘 생각한다.

큰 바람이 불 때 내 영혼이 같이 날아가면 좋겠다. 높이 날아서 넓은 하늘을 여행하는 상상. 하지만 내 몸은 바람에도 꿈쩍 않는다. 내 머리카락만 바람에 흩날린다. 얼마 전 머리카락이 보기 싫었다. 엄마에게 잘라 달라고 했다. 하지만 엄마는 아깝다며 끝만 다듬었다. 나는 가위를 들고 머리카락을 싹둑 잘랐다. 머리가 가벼워지면서 마음도 가벼워진 것 같았다.

지난 5월, 졸업 사진을 찍을 때 오랜만에 영화 촬영 장비를 꺼내 들었었다. 장비를 만지고 세팅하는데 가슴이 두근거렸다. 누군가와 함께 작품을 만드는 것이 즐거웠다.

그러나 지금은 매일 뭔가를 써야 한다. 쓰고 싶은 게 생기지 않는다. 어릴 때 읽은 동화책에선 인형을 던지면 잃어버린 걸 찾을 수 있었다. 인형 따위야 몇 번이고 던질 수 있다. 내가 아끼는 집에 있는 뱀 인형, 강아지 인형, 고양이 인형, 곰 인형 다 던질 수 있다. 잃어버린 나를 찾고싶다.

내 책상 첫 번째 서랍에는 중학생 때 썼던 글들이 있다. 그러나 나는 그것을 꺼내 읽지 않는다. 혹시 지금의 내가 읽었다가는 정말 영영 잃어버릴 것 같았다. 혹시라도 별거 아니었네, 라고 생각할까 봐 무섭다. 가장 쓰고 싶은 게 많을 때 썼던 글들.

그때는 쓸 게 없어도 글을 썼는데 지금의 나는 쓸 주제가 있어도 글을 쓰지 못하고 있다. 내가 주변을 더 둘러볼 여유가 생기고 주변에 더 좋은 게 생기면 쓸 수 있을까? 근데 그건 언제일까?

고등학교 1학년 때는 적응이라는 핑곗거리가 있었고, 2학년 때는 촬영이 바쁘다고, 친구와의 싸움으로 의욕을 잃었다. 지금은 고3, 입시를 신경 쓰고 늘 매주 5개, 각 3,000자 분량을 쓴다. 내가 지금 날 찾을 수 있을까? 내가 날 모르는데 대학에 가서 나에 대해 뭘 말할 수 있을까? 만약 붙는다고 해도 그때의 난 고등학교 1학년 때랑 다를 게 없지 않을까?

불안하다. 평생 날 못 찾고 어른이 될까 두렵다. 시간이 조금 천천히 가면 좋겠다. 남들의 1분이 내 1시간이 되면 좋겠다. 지금의 내 시간은 너무 빠르게 흘러가고 있다.

말레이시아
한 달 살기

윤 을 순

꿈을 현실로 빚어내기 위해
끊임없이 도전하는 삶의 도예가

나는 육아 휴직 중이었던 2014년 12월에 말레이시아에서 한 달 살기를 했다.

남편도 잠시 직장을 쉬면서 함께 여행을 갔다. 25일 동안은 코타키나발루에서, 5일은 쿠알라룸프에서 지냈다. 코타키나발루에서 남편은 오전에 영어 공부를 하고, 나는 아들을 데리고 수영강습을 다녔다. 오후엔 가까운 곳으로 놀러갔고, 주말에는 먼 거리 여행을 했다.

코나키나발루에서 가장 힘들었던 것은 매일 아들을 수영장까지 데리고 다니는 것이었다. 나는 새로운 길은 일 년 정도 운전해야 편안해질 정도로 운전을 아주 못하고, 싫어

한다. 그런데 코타키나발루는 차선이 우리와 다르게 왼쪽이어서 가뜩이나 운전이 서툰 나를 두렵게 했다.

나는 남편을 졸라 수 차례 연수를 했다. 그리고 드디어 아들을 데리고 수영장에 가는 첫날. 숙소를 빠져나와 연습한 대로 큰 길가에 들어섰다. '연습하면 된다, 못한다는 것은 연습을 안 했다는 증거다'라며 조금은 자신만만하게.

회전교차로round about에 들어서서 우회전을 했다. 순간 "여기서는 우측으로 가지 말고 그냥 직진해. 직진, 알았지." 하던 남편의 말이 떠올랐다. 나는 우회전하던 차를 멈추고 잠시 뒤를 본 후 차를 뒤로 빼서 직진했다. 직진하면서 백미러를 보니 내가 빠져나온 회전교차로에 차 몇 대가 서 있었다. 얼굴이 벌게졌다.

그날 이후부터 회전교차로에 들어설 때마다 나는 "우회전이 아니고 직진이야"를 외치고 직진했다. 다행히 수영 강습을 마치는 날까지 회전교차로에서 우회전하는 일은 없었다. 그리고 어찌 되었든 매일 수영장 왕복은 나의 운전 능력을 한 단계 업그레이드시키기에 충분했다.

평일 오후에는 숙소에서 가까운 탄중아루 해변을 자주 갔다. 그곳은 해 지는 풍경으로 유명한 곳이라 주변에 호텔도 많고, 관광객도 많았다. 우린 호텔 쪽을 피해 현지인들이 다니는 곳으로 갔다. 도착했을 때 이미 석양이 바다를 붉게 물들이고 있었다. 어떤 아이가 바닷물에 몸을 담그고 소리쳤고, 아버지로 보이는 남자도 아이를 쫓아 바다에 몸을 담그면서 소리쳤다. 그들의 모습을 보는 것만으로도 평화로웠다.

금요일 오후에는 한 달 살기의 일상을 탈출하는 여행을 갔다. 첫 주말에 간 곳은 키울루강Kinabalu River과 코타키나발루산. 키울루강은 정글 숲을 가로지르며 흐르는 강으로 래프팅이 유명했다. 찾아가는 길은 쉽지 않았으나 이색적이고 즐거웠다.

도시를 벗어날 때쯤 갑자기 도로에 소떼들이 나타나 놀랐지만, 어디에서 소떼들을 볼 수 있을까.

길가에 쭉 늘어선 가게마다 옥수수와 다양한 열대과일을 주렁주렁 매달아놓고 여행객을 유혹했다. 그냥 지나칠 수 없어 우리는 차를 세우고 한 가게로 들어갔다.

상인은 알아들을 수 없는 말을 하면서 껍질이 고슴도치처럼 생긴 열매를 보여주더니 속을 깠다. 그러자 속에서 마늘처럼 생긴 뭔가 나왔다. 가게 주인이 먹어 보라는 시늉을 해서 입에 넣었더니 아이스크림 맛이 났다. 그야말로 살살 녹았다. 알고 보니 마랑이라는 열대 과일이었다. 당연히 한 봉지 살 수밖에.

차 안에서 마랑을 먹으면서 얼마를 가자 비포장도로가 나왔다. 숲길인가 했는데 나무가 울창한 정글이었다. 늪 지대가 나타나면 어쩌나 하는 걱정을 할 때쯤 멀리 관광버스가 보였다. 안도의 숨이 나왔다. 우리는 래프팅도 하고, 코타키나발루산 등산도 했다.

"이번 주는 보르네오 북쪽에 있는 최북단 땅끝마을 팁 오브 보르네오로 갑시다."

남편이 말했다. 팁 오브 보르네오는 코타키나발루에서 3시간 정도 떨어져 있는, 우리나라로 치면 땅끝마을이었다. 어딘들 못 갈까. 당연히 오케이.

그러나 어디를 가더라도 우리에겐 모두 초행이고 장거리였다. 당연히 주말이면 새벽에 일어나서 여행 준비를 해야 했다.

팁 오브 보르네오에 도착했을 무렵에는 초저녁이었다. 비가 추적추적 내리기 시작했고, 사방은 불빛이 없어 깜깜했다. 무인도에 온 것 같은 착각이 들었다. 남편을 따라 아들 손을 잡고 한줄기 새어 나오는 불빛을 따라 들어갔다. 식당이었으나 손님도, 주인도 보이지 않았다. 큰소리로 헬로우를 외쳤다.

몇 번 헬로우를 외친 끝에 어린 소녀가 부스스한 모습으로 나왔다. 몸짓 발짓을 하며 숙소를 물었다. 다행히 소녀는 알아들었는지 친절하게 밖으로 나와 알려줬다. 숙소는 가까이에 있었다.

숙소에 짐을 풀고 아까 소녀가 있던 식당으로 가서 저녁을 먹었다. 숙소로 돌아와 침대에서 벽을 타고 지나가는 도마뱀을 보고 어떡하지, 하면서 잠에 빠졌다.

다음날도 비가 계속 왔다. 커튼을 젖히니 서양인 몇몇이 왔다 갔다 하더니 차에 짐을 싣고 있었다. 여행객들이 있다는 생각에 안심이 됐는데, 그들은 곧 떠나버렸다. 우리는 다시 소녀가 있는 식당으로 가서 아침을 먹고 바다로 나갔다.

해변에는 사람이 없었다. 우리는 이참에 해변을 전세 낸 것처럼 놀아보자고 마음먹었다. 파도에 몸을 맡기고 여기저기로 뛰면서 소리 지르고 노래 불렀다. 그 넓은 북보르네오 섬 끝 해변에는 우리 가족만 있었다.

셋째 주말에는 브루나이로 갔다. 브루나이는 세금, 의료,

교육을 국가가 책임지는, 세계에서 복지가 가장 잘된 나라라고 알려져 있었다. 그즈음 브루나이 왕이 우리나라 대통령 초청으로 방문했던 터여서 궁금했던 나라였다.

우리는 코타키나발루에서 가장 저렴한 배편을 이용해서 라부안을 거쳐 브루나이로 갔다. 예약한 호텔에서 무료 픽업을 해주었다. 픽업 서비스 차량에 안내원이 있었는데 그녀는 20대 앳된 학생이었다. 그녀는 호텔까지 가는 30분 정도를 국가와 국왕에 대해 홍보했다.

호텔에 도착하니 객실 TV에서도 브루나이 국왕이 나왔다. 처음에는 '이 나라 사람들은 국왕을 존경하는구나' 하는 생각이었는데 계속된 국왕의 홍보 모습에 점점 혼란스러워지면서 불편함을 느꼈다. 호텔에 비치된 신문에서 우리나라 대통령의 방문 소식과 대한항공의 땅콩 회항 사건 기사를 보며 우리가 여행객임을 인식하고 잠시 안도할 수 있었다. 그러나 이런 브루나이의 첫인상 때문인지, 여행하는 동안 자유롭지 못한 느낌이 들었다.

나는 한 달 살기를 하면서 많은 사람을 만나고, 매일 새로운 일상을 경험했다. 그래서인지 한 달 살기를 마치고 돌아온 후에도 한동안 코타키나발루의 추억 속에서 살았다.

벌써 10년이 흘렀다. 지금은 정해진 사람들만 만나고 늘 같은 일상을 살지만, 나의 일상을 바라보는 시선은 매우 달라졌다.

나는 직진 대신 우회전을 선택하는 나를 질책하지 않고, 오히려 위로한다. 다른 의견에도 마음을 연다. 아들에게는 미래를 위해 현재를 희생하라고 소리 높이지 않는다. 언제나 청춘인 남편에게도 현실만을 직시하라고 잔소리하지 않는다.

현재를 희생하여 만드는 미래보다 매일의 소중한 작은 순간들이 모여 만들어질 미래가 더 값지기 때문이다.

탄중아루의 아름다운 석양, 키울루강의 잔잔하면서 힘찬 물줄기, 팁 오브 보르네오의 끝없는 바다가 나의 시선을 바꾸었다.

회전교차로round about에 들어서서 우회전을 했다. 순간 "여기서는 우측으로 가지 말고 그냥 직진해. 직진, 알았지?" 하던 남편의 말이 떠올랐다. 나는 우회전하던 차를 멈추고 잠시 뒤를 본 후 차를 뒤로 빼서 직진했다. 직진하면서 백미러를 보니 내가 빠져나온 회전교차로에 차 몇 대가 서 있었다. 얼굴이 벌게졌다.

나의 염색 이야기

윤 을 순

꿈을 현실로 빚어내기 위해
끊임없이 도전하는 삶의 도예가

얼마 전 남편은 아들 학교 엄마들을 만나고 들어오는 나를 보면서 한마디했다.

"여보, 염색한 지 얼마 안 되었는데 머리가 너무 희네."

남편이 나의 전속 염색 미용사가 된 것은 아들이 7살 때 내가 육아휴직을 내고 집에 있을 때였다. 어느 날, 거울에 비친 반백의 머리를 보고 나도 모르게 한숨을 쉬며 혼잣말을 했다.

"아들도 어린데 엄마는 벌써 할머니 같으니 어째. 염색해야겠네."

그러자 옆에 있던 남편이 말했다.

"나 대학 때 구내 이발소에서 아르바이트했어. 손님 머리도 감겨주고."

"그럼 시간도 그렇고 염색을 자주하면 비용도 만만치 않으니 자기가 염색해줘."

그렇게 남편에게 머리 염색을 맡기기 시작했다. 남편의 염색 실력은 처음엔 형편없었다. 염색약을 바르는 시간은 한없고, 골고루 염색이 안 되어서 흰머리가 삐죽삐죽 튀어나와 오히려 검게 염색된 머리에 흰색이 더 도드라졌다.

아들 학교행사를 앞둔 어느 날 나는 남편에게 염색을 부탁하면서 이틀만 지나면 염색의 효과가 떨어지는 것을 걱정하며 말했다.

"이마 쪽 흰머리가 보이지 않게 확실하게 해줘."

남편은 내 말을 듣고 이마까지 넓게 염색약을 펴 발랐다. 염색이 끝난 후 머리를 감고 드라이어로 말리다 보니 이마가 머리 색보다 더 검게 염색이 되어 마치 숯검댕이를 칠한 것 같았다. 다시 욕실로 가서 머리를 감고 비누로 이마를 닦았다.

'내일 아들 학교에 어떻게 가지. 하필이면. 염색을 다른 날 할걸. 염색 때문에 못 간다고 할 수도 없고.'

욕실 밖에서는 남편이 염색이 잘 되었느냐고 물었다. 나는 잘되었다라고 답하고 혼자서 속앓이했다.

다음날 평소와 다르게 화장대에 오랫동안 앉아 파운데이션을 바르고 또 발랐다. 그래도 이마의 염색칠은 숨겨지지 않았다. 별수없이 체념하고 아들 학교로 갔다.

나는 그날 아들 학교 학부모회 주최로 열린 강연회 사회자였다. 학교 도서관에는 강연을 보러 평소보다 많은 학부모들이 와 있었다. 강연회가 시작되어 마이크를 잡았다. "여러분, 안녕하세요. 세계적인 디자이너 앙드레 김을 존경하는 앙드레 윤이예요. 제 머리 어떤가요. 오늘 특별히 준비했는데 앙드레 김이랑 비슷한가요?"

패션 디자이너로 세계적인 명성을 가졌던 앙드레 김은 하얗게 분장한 얼굴에 머리카락을 뒤로 넘기고 이마 주변을 검게 칠해서 독특한 분위기로 유명했다. 그날 내 얼굴이 마치 앙드레 김 얼굴 같다고 생각한 나는 사람들이 수군대기 전에 미리 선수를 친다고 농담으로 강의를 시작했다.

그날 강연은 어떤 내용으로 어떻게 했는지 기억나지 않는다. 다만 사회를 보는 내내 염색약 컬러를 바꿔야겠다고 생각했다. 흰머리와 너무 대비되지 않는 색으로.

"헤나가 좋아. 자주 염색해도 머리카락 상하지 않고."

트렌드에 민감한 언니가 이후 내 이야기를 듣고 말했다. 헤나는 식물에서 추출한 자연 색소로 자연스럽게 머리카락을 강화하고 색을 변화시킨다고 했다. 빨간 계열이라 조금은 겁이 났지만 앙드레 김처럼 되는 것보다는 낫겠다는 생각이 들어 이후 헤나 염색을 시도했다.

헤나 염색을 위한 전용 미용실도 많았으나 가격이 비쌌다. 나는 헤나 염색약을 구입해 이번에도 남편에게 해달라고 부탁했다.

염색은 집에서 해도 커트는 미용실을 가야 했다. 헤나로 염색하고 미용실을 가는 날이면 미용실 원장님들은 한결같이 말했다.

"어디서 염색을 했어요? 헤어는 색이 중요한데. 다음에 오시면 잘해드릴게요."

그때마다 나는 거울 속 내 머리를 봤다. 미용실 원장이 봤을 때는 어이가 없었을 것이다. 헤나 염색을 한 나의 모습은 앙드레 김의 머리와 별반 다르지 않았다. 전체 머리톤은 거무틱틱하고, 흰머리가 집중적으로 있는 앞머리는 헤나 염색으로 시뻘갰다. 그야말로 닭벼슬 같았다.

그래도 무슨 오기인지 신념인지, 6개월만 버티면 색이 자연스럽게 될 거라 확신했다. 마침내 점차 흰머리가 많아지면서 내 머리 색은 전체적으로 붉은 오렌지색 빛을 띠게 됐다. 앞머리가 시뻘건 닭벼슬 같은 모습은 면하게 된 것이다. 그렇게 6개월을 헤나 염색을 하고 2년간의 육아휴직을 마쳤다.

2014년 3월에 학교로 복직했다. 원색보다는 무채색을 선호하던 교사들 사이에서 나의 머리색은 단연 튀었다. 교사들은 아무도 묻지 않았지만 학생들은 궁금한 표정이 역력했다. 어느 날 한 학생이 교무실로 찾아왔다.

"선생님, 아이들이 진짜로 궁금해하는데요. 머리카락처럼 다른 곳에 있는 털도 모두 빨개요?"

나는 어이가 없었지만 아이의 말투가 너무 진지했다.

"그럼, 당연하지."

이후 나는 학생들을 실망시키지 않았다. 흰머리가 한 가닥이라도 보일라치면 부지런히 염색을 했다. 나의 빈틈없는 염색으로 아이들은 이후 나의 머리 색을 의심하지 않았다. 다만 졸업한 학생들이 가끔 찾아와서는 "선생님 머리색은 자연 맞죠?"라고 물을 때는 진실을 말해주곤 했다.

10년이 지났다. 지금 아들은 고등학교 2학년, 나는 60이 되었다. 처음엔 두 달에 한 번, 한 달에 한 번 하다가 지금은 2주에 한 번 염색을 한다. 나의 머리가 이제는 거의 다 흰머리니까.

이번 주말에도 남편은 염색 가루를 황금비율로 조제하고 아들 어렸을 때 썼던 작은 의자를 화장실에 두고는 나를 부를 것이다.

"빨리 와, 염색합시다."

흉터,
데여서 생긴

이 솔

날기 위해서 천천히 뛰고 있는

제 가슴의 흉터가 보이시나요? 제 오른쪽 가슴과 쇄골 사이에 있는 흉터요. 백혈병에 걸렸을 때, '히크만 카테터'라는 전선 두께의 중심정맥관을 이곳에 꽂았습니다. 이 정맥관을 통해서 채혈을 했고, 항암제와 각종 수액들을 넣었고, 치료 과정에서 가장 중요한 조혈모세포를 받았습니다. 퇴원하기 직전 수술로 카테터를 제거하고, 꽂혔던 자리를 꿰맨 것이 흉터가 되어 지금까지 남아 있습니다. 은근히 눈에 띄는 위치라 그런지 매일 샤워를 하러 거울 앞에 설 때마다 그 흉터가, 그리고 그 흉터가 가진 병실의 기억이 눈에 들어옵니다.

제게는 흉터가 하나 더 있습니다. 보이지는 않을 겁니다. 몸이 아니라 마음에 난 흉터니까요. 쇄골 아래의 흉터는 치료를 위한 수술을 받다가 생겼지만, 가슴 속 흉터는 마음을 크게 다친 탓에 생겼습니다. 거울을 볼 때마다 함께 보이는 카테터 자국처럼, 마음을 들여다볼 때마다 가슴 속의 흉터도 늘 눈에 들어왔습니다.

초등학교 6년, 중학교 3년, 합쳐서 9년 내내 저는 따돌림을 당하며 지냈습니다. 이유는 저도 모릅니다. 4살 때부터 앓기 시작한 아토피가 옮는다는 오해였을 수도 있고, 아토피 때문에 가려운 피부를 긁어서 생긴 피딱지들이 아이들 눈에는 징그럽게 느껴진 것일 수도 있습니다. 잘난 척한다는 이야기도 돌았던 것으로 기억합니다.

하지만 기실 이유는 그리 중요하지 않을지도 모릅니다. 처음에야 이유가 있었을지 몰라도, 시간이 흐를수록 아이들은 관성으로, 내지는 그냥 '이솔이니까', "따" 당하던 애니까' 괴롭혔던 것 같습니다.

흔히 미디어에서는 학교폭력을 이른바 '양아치'들이 좀 약해보이는 아이를 구타하고, 물건을 뺏고, 시비를 걸고 욕설을 하며 괴롭히는 것으로 그립니다. 그러다 모두의 선망을 받는 학생이 괴롭힘당하는 아이를 위해 나서지요. 하지만 제 경우는 달랐습니다. 아이들은 제게 주먹을 날리거나 돈을 요구하지 않는 대신, 저를 혐오했고 자신들에게서 밀어냈습니다. 하지만 아무도 저를 구해주기는커녕 막으려 나서지 않았습니다.

아이들은 축구를 할 때면 제일 먼저 저를 반대편에 떠넘기기 바빴습니다. 서로 저를 떠넘기는 폭탄 돌리기는 대개 제가 운동장 변두리로 나가고 나서야 멈췄습니다. 아이들이 게임에서 당장 할 일이 없어지면, 아이들은 '마법의 가루'로 저를 '퇴치'할 수 있다며 제게 모래를 뿌렸습니다. 피구를 할 때면 공은 제일 먼저 저를 향했습니다.

신종 플루가 유행하던 4학년 때 저희 반 교실에는 '이솔 바이러스'가 유행했습니다. 그 숙주는 당연히 저였고, 그래서 아이들은 저와 닿는 것을 극도로 역겨워했습니다.

아토피는 옮지 않지만, '이솔 바이러스'는 확실하게 전염성이 있었습니다. 방역 대책도 간단했습니다. 저와 몸이 닿으면 아이들은 즉시 닿은 부분을 손으로 닦아내어 다른 아이에게 문질렀고, 그 아이가 역겨워하며 그것을 또 다른 아이에게 옮겼습니다. 옮는다며 도망치는 아이도 있었고, 일

부러 그것을 '옮기'는 '장난'을 치는 아이도 있었습니다. 마침 학교에서는 예방 차원에서 손 소독제를 나눠줬고, 아이들은 무엇이 그렇게도 독했는지 손 소독제 통을 빠르게 비웠습니다. 교실에서는 손 소독제의 독한 알코올 냄새가 가시질 않았죠.

비슷한 나날을 보내던 6학년의 어느 날, 운동장을 나서다 뒤통수에 고무공을 맞았고, 쌓였던 것들이 터지면서 무언가 중요한 끈이 끊어졌습니다. 제가 왜, 언제까지 이렇게 살아야 하는지 의문이 들었습니다. 이승보다 저승이 차라리 편하겠다고 생각했습니다. 초등학교 6학년의 제가 알던 '일부러 죽는' 방법은 추락사 말고는 없었습니다.

하지만 학교는 옥상까지 세어도 5층 건물이라 죽기엔 충분히 높지 않았습니다. 게다가 모든 창틀에는 울타리가 쳐져 있었고, 학교 교문마저 잠겨 적당한 위치를 찾을 수 없었습니다. 결국 그때 할 수 있는 것은 너무나도 안전한 창틀에 걸터앉아 아래를 내려다보는 것 말고는 없었습니다.

제가 세상을 뜨려고 한 것이 알려졌음에도 아랑곳 않았는지, 아니면 조용히 묻힌 채 넘어갔는지는 모르겠습니다. 어쨌든, 괴롭힘은 멈추지 않고 중학교로 이어졌습니다. 같은 초등학교에서 온 아이들이 다수였던 탓입니다. 아이들은 계속 저를 놀리고, 제게 시비를 붙였습니다. 그나마 그즈음 언론에서 학교폭력 문제가 다뤄지면서 좀 괜찮아지려나 했지만, 그럼에도 괴롭힘은 이어졌습니다. 수련회에서 친구라 여겼던 아이가, 저는 기억조차 하지 못하는 트집을 잡아, 여럿이 저를 둘러싸고 '청문회'를 열어 저를 몰아붙였습니다. 그 일로 인해 첫 학폭위가 열리고 말았습니다.

교사들은 대체로 따돌림 문제에 소극적이었습니다. '이솔 바이러스'가 유행할 때의 4학년 담임은 아토피는 옮지 않으니 아토피로 고생하는 솔이를 괴롭히지 마라는 당연한 설교만 하는 데 그쳤습니다.

삶을 끝내는 것을 고민하던 제게 6학년 담임은 너무나도 쉽게, 자살하지 말아야 할 이유와 자살이 실패했을 때 생길 수 있는 신체적 결함에 대해 명쾌한 설명만을 늘어놓았습니다.

교사들은 가해자 편에 섰고, '합의'하라고 저희 부모님을 몰아붙여 무마하기 바빴습니다. 촌지를 주지 않았다고, 아이들의 따돌림과는 별개로 저를 괴롭힌 교사도 있었습니다. 하지만 제 편에 서서 아이들을 막거나, 공감과 위로를 해 주신 '선생님'은 없었습니다.

모든 아이들이 나빴던 것은 아닙니다. 냉정히 보면 주동자는 소수였습니다. 다수는 가만히 있는 방관자들이었고, 그 중에서는 제게 조심스레 호의를 내비친 아이들도 있었습니다. 그럼에도 적극적으로 나서지 않은 것은 나름의 속사정이 있어서 그랬겠지요. 무작정 나섰다가는 자기까지 타깃으로 찍힐 수도 있으니까요.

하지만 그 아이들의 속사정까지 생각할 여유가 없던 제게는 '온 세상이 안티'였습니다. 상황이 닥쳤을 때 나서서 막아주거나, 괜찮냐고 물어보는 등 적극적으로 제 편을 들어주는 사람은 결과적으로 없었기 때문입니다. 어쨌든 당하는 상황은 멈추지 않았으니까요. 이걸 더 자세히 다루는 '학교폭력의 원'이라는 이론에서도 같은 식으로 설명합니다. 피해자의 눈에는 적극적으로 나서서 막아주는 사람이 없는 한 모두가 가해자로 비칩니다.

아무튼, 결국 절이 싫으면 중이 떠나야 하는 것이었습니다. 중학교 2학년 때 열린 학폭위를 계기로 학교를 쉬고 홈스쿨링으로 전환하는 것을 고려한 적이 있습니다. 하지만 너무 멀리 돌아서 가는 것 같더군요. 대신 졸업까지 버티다 남들과 다른 고등학교로 올라가기로 했고, 졸업 후 당시 혁신학교로 주목받던 학교로 진학했습니다. 그 고등학교는 제가 다닌 중학교에서 먼 편이었고 대학교 입시에는 불리하다는 인상이 있는 탓에, 같은 중학교에서 넘어온 아이들은 많지 않았습니다. 덕분에 따돌림의 굴레에서 벗어나, 우는 대신 웃으면서 지낼 수 있었습니다.

이렇게 9년 간의 쓰라린 시간은 막을 내립니다. 사실 말씀드린 것보다 더 많은 일이 있었지만, 그것을 구태여 기억하고 싶지도 않고, 너무 오랜 시간이 흘러 잘 기억나지도 않습니다. 고통스러운 이야기를 계속 늘어놓아 제가 피해자임을 강조하고 싶지도 않고, 그럼으로써 당신이 저를 동정해주길 바라는 것도 아닙니다. 아이들이 저를 어떻게 괴롭혔고, 그로 인해 제가 얼마나 괴로웠는지는 지금 중요한 것이 아닙니다. 다만 이런 연유로 마음에 사람들에게서 데인 흉터 자국이 생겼다는 것만 알아주셨으면 하는 바람입니다.

그렇게 고등학교, 대학교에 올라오고 나서 저는 괴롭힘으로부터 벗어났습니다. 하지만 또다른 문제들에 부딪혔고 지금도 그런 문제들을 안고 있습니다. 몇몇 문제는 음, 그

랬구나 하고 넘길 수 있었지만, 떠올리는 것만으로 안색이 나빠지는 것도 있었죠. 그 문제들을 발견하고 왜 그 문제가 생겼는지 되돌아보면서, 저는 과거의 그 흉터를 보았습니다. 문제가 담고 있는 내용은 따돌림과 관계가 없지만, 그 뿌리는 괴롭힘당했던 과거에 있더군요.

그래서 저는 제 과거를 정리할 필요를 느꼈습니다. 당신을 불러 제 과거에 대해 오랫동안 이야기한 것도 그 까닭입니다. 그리고 제 과거의 흉터 이야기는, 이다음에 할 이야기를 하기 전에 먼저 해야 하는 이야기이기도 합니다. 제가 정말로 당신에게 이야기하고 싶었던 것은 그 흉터에 뿌리 내린 문제들이거든요.

흉터,
지난 날의
굴레

이 솔

날기 위해서 천천히 뛰고 있는

장소를 옮깁시다. 같은 자리에 앉아 오랫동안 같은 이야기를 듣고 있으면 지치죠. 마침 보여드리고 싶은 곳도 있으니, 나머지 이야기는 그곳으로 걸어가면서 천천히 들려드리겠습니다.

　아까 말씀드렸듯, 고등학교로 올라온 뒤로는 웃으면서 지낼 수 있었습니다. 선생님들은 학생들을 섬세하게 챙겨주시는 한편, 학급이 하나의 공동체가 될 수 있도록 이끌어주셨습니다. 아이들이 제게 적의가 없다는 것만으로도 만족스러웠습니다. 아이들은 저를 받아들여주었고, 친절히 대했으며, 제게 먼저 다가와 주었습니다. 마음과 취향이 너무나 잘 맞는 친구들을 만나기도 했습니다. 그때 제가 마음을 온전히 열지 못해 아쉬웠던 일도 있긴 했지만, 고등학교 3년 동안만큼은 행복하게 지냈다고 단언할 수 있습니다.

처음 들어간 대학교에서는 일본어 연극반에 가입했습니다. 한 학기 동안 연기 합을 맞추고 공연 준비를 하면서 부원들끼리 자연스레 친해졌죠. 공연을 무사히 마친 뒤에는 뒤풀이 겸 후쿠오카로 여행을 다녀오기도 했습니다. 이제는 저도 사람들에게 상처받지 않고 행복하게 지낼 수 있을 거라 생각했습니다. 그런데 두 번째 학기 중간고사 직전에, 저는 친했던 연극부 동기에게서 연락을 받았습니다. 더 이상 연극반 사람들한테 연락하지 말라고요.

저를 내쫓는 이유나 상황에 대한 설명 같은 것은 전혀 없었습니다. 무엇이 어떻게 된 것인지는 제 스스로 알아내야 했습니다. 하지만 아무리 고민하고, 스스로의 행동과 저의 성격을 의심해도 확신이 드는 답이 떠오르지 않았습니다. 추방 사건의 진상은 추방 통보를 받고 일 년 하고도 반이 지난 뒤에서야 알 수 있었습니다. 제게 추방 사실을 전한 그 연극반 동기와 다시 만나 어떻게 된 건지 물어보았죠. 제가 집적대는 것 같다는 것이 그 이유였습니다.

연극반에는 저처럼 디저트를 좋아하는 여자 동기가 있었습니다. 저는 그저 관심사가 같은 것이 반가워, 그 동기에게 서울 디저트 페어에 같이 가지 않겠느냐고 물어본 적이 있었죠. 그 동기에게 이성적인 감정은 없었습니다. 하지만 같이 갈 다른 사람이 없어 남녀 단둘이 가게 된다는 것을 신경 쓰지 못했습니다. 게다가 그 여자 동기가 저를 가깝게 여기지 않은 탓에, 그 동기는 제가 집적댄다고 오해를 한 것이었습니다.

그 추방 사건은 미움을 사면 관계는 언제든지 깨질 수 있다는 점에서 제게 충격이었습니다. 추방당했다는 연락을 받았을 때 그 동기는 이렇게 덧붙였죠.

"요즘은 친하게 지내고 놀다가도, 마음에 안 들면 바로 관계를 끊어버려. 원래 사람 관계라는 게 다 그래."

사람들 속에서 행복하게 지낼 것 같던 환상은 이 추방 사건을 계기로 깨지고, 저는 다시 인간관계의 늪에 빠지게 됩니다. 연극반을 제외하면 주변에 친한 사람이 없었기 때문입니다.

당시 제가 다니던 학교는 학과제에서 학부제로 막 바뀐 탓에, 동기나 선후배들끼리 교류할 기회를 만들 학생회가 없었습니다. 각자 알아서 자기 사람을 찾아야 했죠. 그것이 저 혼자서는 너무나 어려운 일이었습니다. 강의실을 전전하며 강의만 들었습니다. 그러다 교양 수업에서 운 좋게 친해진 친구를 따라 기독교 동아리에 들어갔습니다. 그 친구는 사실상 친목 동아리에 가깝다고 소개했지만, 그곳 사람들은 '이솔'이라는 사람 자체보다는 저를 예수 그리스도를 섬기도록 만드는 것에 관심이 있었습니다. 저는 결국 다른 친구를 만드는 것을 포기했습니다.

외로운 나날을 견디면서 고독해지는 법을 배우면서도, 마음 한켠에서는 안정적인 관계를, 거문고 소리 하나만으로도 마음을 알 만큼 친한 친구를 저는 간절히 바랐습니다.

그때 다니던 대학교는 학과를 축소하고 교수를 해고하는 등 안 그래도 작은 규모를 더 줄이려 하고 있었습니다. 이러다가는 졸업 전에 배울 것이 먼저 바닥날 것 같아 급히 다른 학교로 재입학을 했죠. 그리고 군대에 들어가고, 전역 후 복학을 하고, 다시 학교생활에 충실하다 백혈병 진단을 받고, 병세를 안정시켜 학교로 돌아온 지금까지, 저는 다양하고 수많은 사람들을 만났습니다.

하지만 저는 계속 외톨이 신세를 면하지 못했습니다. 오히려 사람들과 충돌과 마찰을 종종 빚었습니다. 이미 사람들에게서 충분히 상처받았는데, 계속해서 사람들과 부딪히는 것이 서러웠습니다. 그렇지만, 이번에는 다른 사람이 아닌 제 자신에게 몇 가지 문제가 있다는 것을 인정해야 했습니다.

우선 제게는 인간관계에 대해 아는 것이 없었습니다. 인간관계의 기술도 없었지요. 그리고 그것이 사람들로 하여금 저를 내치게 하는 요소가 되기도 했습니다. 다른 사람이 나를 얼마나 가깝게 여기는지 가늠할 줄 몰라 오해를 불러 제가 연극반에서 쫓겨나게 된 것처럼요.

같은 상대를 만나도 같이 만나는 인원 수에 따라 분위기나 관계의 양상이 변한다는 것도 몰랐고, 갈등이 일어났을 때 의연하게 대처하는 방법도, 사람들의 마음을 끌어들이는 방법도 몰랐습니다. 상대방이 한 말의 속뜻을 읽지 못하고 곧이곧대로 받아들이는 것도 부지기수였죠.

두 번째 문제는 제가 누구이며 어떤 사람인지를 모른다는 것이었습니다. 아픈 과거를 겪었던 만큼 상처 주는 것이 싫어서 사람들을 정중하고 상냥하게 대하곤 했습니다. 그러면 자연히 사람들이 그것에 이끌릴 것이라고 생각했습니다. 하지만 그것만으로는 충분하지 않더군요. 중요한 것은 제가 어떤 사람인지, 무엇을 좋아하는지, 어떤 것에 관심이 있는지 드러내고 거기서 상대방과 공통되는 관심사를 찾아내는 것이었습니다. 하지만 저부터가 자신에 대해 잘 몰랐고, 설사 아는 부분이 있다 해도 쉽게 드러낼 줄 몰랐습니다. 그러니 상대로서는 제게 다가올 이유를 쉬이 찾지 못하는 것이었습니다.

세 번째 문제는 제가 '이질적인' 사람이라는 것입니다. 고등학교 3학년 때, 졸업 앨범에 실을 사진을 찍고 교실에서 그 사진들을 화면에 띄워 다 함께 본 적이 있습니다. 당시 국어 선생님이 솔이만 왜 이리 '이질적'이냐고 하셨죠. 그때는 몰랐지만 나중에 보니 정말로 저만 혼자서 분위기가 따로 놀고 있었습니다. 다른 아이들이 모여서 우스꽝스럽거나 멋진 포즈를 잡을 때, 저 혼자 벚꽃을 만지고 책을 읽는 등 감상적인 분위기인 것이 어색했습니다.

고등학교 1학년의 마지막 날 롤링 페이퍼를 서로 돌린 적이 있습니다. 공부를 잘한다는 말과, 제 말과 행동이 특이하다는 이야기가 많았습니다. 제 손동작이 '아름다웠다'는 말도 기억에 남습니다. 아름답다는 말로 장난스레 포장했지만 제 손짓이 어딘가 어색했던 모양이었습니다. 구체적으로는 기억나지 않지만, 수업 중 대답하기 위해 손을 들거나 사람들을 가리킬 때 특이한 제스처를 썼던 것 같습니다. 튀려고 한 것이 아니라, 다들 그렇게 하는 줄 알았습니다.

공부를 잘한다, 책이 어울린다는 말은 칭찬이기도 했지만, 곱씹어 보니 저를 대하는 것이 어렵다는 뜻이기도 했다는 것을 알았습니다. 저는 사람들에게 다가가는 법을 몰라, 관성적으로 책만 읽는 모습을 보일 때가 많았습니다. 그리고 평범한 구어체보다는 문어체와 어려운 단어들을 많이 썼죠. 아이들은 그런 저를 딱딱하게 여기고 다가가기 어려워했던 모양이었습니다. '이질감'의 정체는 남들과 달라서 어딘가 어색한 제 말과 행동이었습니다.

제가 찾아낸 문제들은 이밖에도 더 있지만, 유독 '이질적'이라는 말이 머리에서 떠나지 않았습니다. 나쁜 의미가 아닌 건 알지만, 어쨌든 제가 이상하다고 다른 아이들과 구분짓는 말이니까요. 제 자신이 왜, 그리고 언제부터 이상해진 건지 알 수 없었습니다. 그래서 한 단계 더 과거로 거슬러 올라갔습니다. 그리고 과거가 남기고 간 흉터 자국을 볼 수 있었습니다.

저는 학교가 파하면 학원을 갈 때 빼고는 혼자 집에만 있었습니다. 학교 바깥에서 만나 친해진 아이도 없었고, 학원은 다른 아이들과 친해질 수 있는 분위기가 아니었죠. 그리고 무엇보다, 온 세상이 저를 부정하려 들었던 그때 제게 가장 안전한 곳은 집이었습니다.

저는 좁은 제 방 안에서 마음의 문을 잠그고 저만의 세상 속으로 도망쳤습니다. 어렸을 때에는 장난감을 늘어놓아 저만의 상상의 놀이터를 만들었고, 장난감이 필요 없는 나이가 되고서는 여러 게임과 소설과 만화의 세계들이 뒤섞인 공상 속의 세상을 거닐었습니다.

한편 그때 부모님은 공부를 잘해야 아이들의 괴롭힘에서 벗어날 수 있을 것이라고 여겼습니다. 그래야 아이들이 저를 무시 못하게 할 수 있는 것은 물론, 남들은 꿈도 꾸지 못하는 좋은 학교에 들어갈 수 있을 것이라 여겼기 때문이죠. 좀 크고 나서 뉴스를 보니 명문 학교도 괴롭힘이 없는 것은 아니었지만, 당시에는 그런 학교에는 남을 괴롭히는 껄렁한 학생은 없을 거라 여겼습니다.

그래서 저도 공부에 적지 않은 시간을 썼던 것 같습니다. 학원을 두 곳 다녔고 학습지도 두 과목 했었죠. 만화도 당시 유행하던 소년 만화책이 아니라 학습 만화책을 읽었던 것 같습니다. 그렇지만 성적은 공부 잘한다는 소리를 듣는 정도에 그쳤습니다. 특출나지는 않았습니다.

다른 아이들은 수업이 끝나면 다 같이 PC방에 놀러가고, 운동장에서 공을 주고받고, 왁자지껄 떠들며 놀았겠지요. 친구와 함께 같은 학원에 등록했다고 들은 적도 있습니다. 아무튼, 그러면서 아이들은 인간관계의 생리를 익혔을 겁니다. '올바른 말하기 예절' 따위의, 교과서에나 실릴 법한 내용을 말하는 것이 아닙니다. 상대가 느끼는 거리감 혹은 친밀감 가늠하기, 공감대 쌓기, 완곡한 거절, 유행 따라가기 등 다른 아이들과 가까워지는 방법과 관계의 요령을 말하는 것입니다.

하지만 저는 오랫동안 사람들에게서 도망치는 피난 생활을 한 탓에, 그런 것들을 익힐 기회가 많지 않았습니다. 부딪히면서 관계의 기술을 익힐 다른 아이들이 없었고, 다른 사람들이 어떻게 말하고 행동하는지 볼 일이 거의 없었습니다. 저는 문제집과 국어 지문, 책을 통해 말을 배웠습니다. 그래서 저는 아주 튀지는 않았지만, 평범한 사람들의 입장에서는 제 말과 행동이 어딘가 어색했겠죠. 사람들이 느껐을 저의 '이질감'은 그런 식으로 생겨났을 겁니다.

이것이 과거가 제게 남긴 흉터 중 하나입니다. 그리고 그 흉터가 마음의 문제가 되어, 이윽고 사람들이 제게서 멀어지게끔 저를 방해하고 있던 것이었습니다. 저는 길었던 그 9년이 끝났고, 시간이 꽤 지났으니 이제 과거와는 결별했다고 생각했습니다. 괴롭힘당했던 시간들에 대해 이야기할 때도 전 아무렇지 않았죠. 하지만 그 9년은 여전히 제게 손을 뻗치고 있던 모양입니다.

자, 도착했습니다. 당신에게 보여주고 싶은 곳이 바로 여기입니다. 저기 옆의 건물이 제가 나온 초등학교입니다. 졸업한 지 10년이 넘어서 그런지, 제가 다녔을 때의 모습은 이제 어디에도 없지만요. 제 때는 운동장 끝 쪽의 별관이 없었고, 외벽이 깔끔한 타일로 덮여 있지 않았습니다. 건물의 형태를 제외한 모든 것이 바뀌었죠.

저는 여전히 과거에 휘둘려 사는데, 학교는 너무나 쉽게 과거를 덮어버린 것 같이 보입니다. 이제는 저와 관계없는 건물이지만, 이 근처를 지나갈 때면 마음이 퍽 울적해집니다.

저도 저 학교 건물처럼 저곳에서의 시간과 깔끔하게 작

별하고 싶습니다. 그 시간이 만들어낸 흉터 자체를 치유받고 싶습니다. 그리고 그 흉터가 만들어낸 문제들의 굴레에서 이제는 자유로워지고 싶습니다. 계속해서 과거에서 파생되는 문제들을 해결하느라 아픈 과거를 계속 불러내고 싶지 않습니다. 최소한 인간관계에서만큼은 평범해진다면, 다른 사람들처럼 어렵지 않게 사람들에게 다가가고 친해질 수 있게 된다면 제 과거도 미련 없이 털어낼 수 있을 거라 생각합니다.

인간관계의 문제에 매몰된 탓에 다른 문제를 신경쓰지 못했고, 줄곧 과거에 묶여 있었습니다. 이제 저는 제 미래에 대해 고민해야 합니다.

고등학교 3학년 때 좋아하는 선생님이 강조하신 네 가지 질문을 기억합니다. 세상은 어떤 곳인가? 나는 누구인가? 내 꿈은 무엇인가? 나는 어디로 가야 하는가? 부끄럽게도 저는 얼마 전까지 넷 중 어떤 질문에도 대답을 할 수 없었습니다. 지금은 대답할 수 있지만 여전히 구체적이지 않은 막연한 이야기에 그칩니다. 이제는 인간관계 문제를 정리하고 그 질문들의 답을 찾아야만 한다는 생각이 들었습니다.

하지만 흉터가 좀처럼 저를 놔주지 않습니다. 당신의 눈은 제가 그리 어색해 보이지 않는다는 눈빛을 하고 있네요. 확실히 사람을 대하는 것에 있어 전보다 여유가 좀 생겼고, 말투나 단어도 어색하지 않게 바로잡혔다고 생각합니다. 그렇지만 여전히 인간관계는 어렵습니다. 아무리 문제를 찾고 고쳐도 제가 부족해 보입니다. 사람들에게 다가가는 것 자체는 문제없지만, 그 사람들과 친해져 관계를 진전시키는 것이 난관입니다. 대부분이 '스쳐지나갈 뿐인 인연', '가끔씩 학교에서 보는 마음씨 좋은 사람' 수준의 관계에서 그쳤습니다.

그런 패턴이 계속 반복되다 보니, 이윽고 사람들과 친해지려는 모든 시도들이 부질없다는 생각도 들었습니다. 그냥 마음을 비우고 더 이상 관계에 대해 욕심부리지 않는 것이 속 편하겠다 싶었죠. 하지만 혼자 있었던 시간이 너무 길었던 것의 반동인지, 욕심이 쉬이 버려지지 않더군요.

놓아야 나아갈 수 있을 것 같은데 완전히 놓아버리자니 좀 찜찜합니다. 그 점을 해결하려면 또 과거에 손을 대야 할 겁니다. 과거와 완전히 결별하고 끝을 내겠다는 생각이 지금으로서는 너무 이른 것인지도 모릅니다. 지금은 그래서 사람들을 만날 때마다 방향을 잡지 못하고 갈팡질팡하고 있습니다.

　여기까지가 제 이야기입니다. 긴 이야기를 했지만 결론은 나지 않았습니다. 결론을 얻은 상태에서 이 이야기를 했다면 결말이 좀 나았을까요. 밝지만은 않은 이야기를 들어주셔서 고맙습니다. 커피라도 한 잔 사지요. 저기 언덕길 위쪽에 커피가 맛있는 가게가 있습니다.

저는 여전히 과거에 휘둘려 사는데,
학교는 너무나 쉽게 과거를 덮어버린 것 같이
보입니다. 이제는 저와 관계없는 건물이지만,
이 근처를 지나갈 때면 마음이 퍽 울적해집니다.
저도 저 학교 건물처럼 저곳에서의 시간과
깔끔하게 작별하고 싶습니다. 그 시간이 만들어낸
흉터 자체를 치유받고 싶습니다. 그리고 그 흉터가
만들어낸 문제들의 굴레에서 이제는
자유로워지고 싶습니다.

어서 와,
말레이시아는
처음이지?

이 현 지

변화, 탐험, 모험을 좋아하는
에너제틱형 개척자

"뭐라고? 말레이시아?"

주재원 발령이 날 것 같다는 남편의 말에 나는 깜짝 놀랐다. 말레이시아는 내게 동남아의 한 국가로 코타키나발루, 랑카위 같은 관광지를 제외하면 딱히 멋진 이미지가 떠오르지 않는 나라였기 때문이다. 게다가 후진국이었다!

대학교 1학년 때 나는 배낭여행으로 잠시 그곳을 스쳐 지났다. 남편이 말레이시아를 말했을 때 동시에 떠오른 풍경은 맨발로 자전거를 타는 사람들과 히잡을 두른 노점 여인들, 흙길과 흙탕물이 흐르던 강, 티오만 섬의 쏟아질 듯한 별, 싱가포르 국경까지 지루하게 펼쳐진 팜트리 고속도로

252

등이었다.

　나의 생각과 달리 남편과 지인들은 좋은 기회가 될 것이라고 나를 안심시켰다. 170개가 넘는 국제학교로 한 달 살기로 핫한 곳이라도 말했다. 나는 북미권이 아니면 같이 가지 않겠다고 떼를 썼다.

　그러나 떠밀리듯 비행기를 탈 수밖에 없었다. 마음이 심란해서 잠 못 이루던 밤들이 무색하게도 비행기 창밖으로 보이던 저녁 하늘은 아름다운 빛을 뿜어냈다.

　2019년 8월, 우리 가족은 말레이시아 수도 쿠알라룸프르 근교의 몬키아라에 도착했다. 공항에서 이동하는 내내 허름한 골목과 흙길은 온데간데없고, 화려한 익스테리어를 자랑하는 웅장한 건물들에 눈이 쉴 틈이 없었다.

　여기가 내가 알던 그곳이 맞나? 우리 집은 서울 한남동처럼 서양인과 동양인 주재원들이 모여 사는 고급 주택이 지어진 신도시에 있었다. 놀라움의 연속이었다.

　그러나 이 모든 것들이 좋은 추억으로 남기까지는 넘어야 관문들이 아직 남아 있었다. 국제 이사가 그중 하나였다. 보통 해외로 보내는 이삿짐은 배를 타고 도착하는 데 약 4-5주가 걸린다.

서울에서 우리는 출국 전까지 입을 옷 몇 가지와 출국 때 버리고 갈 간단한 침구와 식기 몇 개 정도만 갖고 생활했다.

TV와 가구가 모두 빠져나간 집은 조금만 목소리를 높여도 쩌렁쩌렁 울렸다. 텅 빈 집에서 버리고 갈 얇은 이불과 옷 몇 벌, 그릇 몇 개만을 가지고 몇 주를 사는 건 쉽지 않았다. 아이들은 캠핑 온 것 같다 했지만 매 끼니를 챙기고 학교를 보내야 하는 내 입장에서는 딱 난민생활이었다. 베개 대신 옷을 여러 개 겹쳐 베고 잤고 아이들이 어릴 때 쓰던 꼬마 식기류들에 밥을 담아 먹었다. 딱 4인용만 남은 숟가락 젓가락은 먹는 즉시 씻어두어야 했다. 빨래는 남편과 번갈아 손빨래를 해서 주렁주렁 메달아 말려 입었다.

짐을 싸는 것도 큰일 중 하나였는데 말레이시아로 보낼 것, 친정에 맡길 것, 버릴 것 등으로 나눠가며 짐을 싸야 했다. 그래도 말레이시아로 가면 집 근처 호텔에서 묵으며 이삿짐을 기다리면 된다고 생각했는데 그것도 착각이었다.

'도전 삶의 현장' 같은 상황은 계속되었다. 이삿짐이 도착한 후에는 수십 개의 박스를 풀어야 했고 배로 오는 한 달 동안 켜켜이 쌓인 먼지를 닦아내야 했다. 이불과 옷은 다 다시 빨아야 했다.

우리 짐은 140여 개의 이삿짐 박스에 나뉘어 담겼는데 박스가 한 개씩 집에 들어올 때마다 박스 위에 표시해둔 번호와 번호가 쓰인 서류를 함께 비교해가며 잃어버린 짐은 없는지 체크해야 했다. 한국처럼 포장이사 같은 건 없었다.

영어를 모르는 외국인 노동자(말레이시아는 보통 파키스탄과 인도네시아 이주노동자가 많다) 와 몸으로 말하고 때로 큰소리로 싸우며 짐을 이리저리 옮겼다. 조립 가구들은 모두 해체되어 왔기 때문에 종이로 모양을 그려가며 다시 조립해달라고 했다.

위생개념도 달랐다. 집에 들어올 때는 신발 좀 벗고 들어와달라고 말하려 하고 보니 모두 맨발이었다. 당연히 이사는 하루아침에 마무리되지 않았고 제자리를 찾는 데까지 몇 개월이 걸렸다.

미국에서 짧게 유학 경험이 있는 나는 영어를 읽고 듣는 것이 크게 어렵지 않았다. 사용 안 한 지 20년이 넘었으니 조금 긴장은 했지만 두렵지는 않았다. 그러나 내 자신감은 말레이시아에 도착한 지 얼마 되지 않아 산산이 부서지고 말았다. 사람들이 쓰는 언어를 도무지 알아들을 수가 없었다!

'너 지금 영어로 말하고 있는거는 맞니?'라고 묻고 싶었던 순간이 한두 번이 아니었다. 영국의 식민지였던 말레이시아는 자국어와 영어를 공용어로 쓴다. 아시아에서는 싱가포르 다음으로 영어 구사율이 높다. 공공기관에서는 말레이어와 영어 두 가지 서류를 갖추고 있을 만큼 영어는 보편적인 언어이다.

그렇지만 영어권 나라는 아니라는 점에 방점을 두고 봐야 했다. 말레이시아의 주요 구성 세 민족인 말레이시아인, 인도인, 중국인은 각각 말레이 방언의 영어, 인도 억양의 영어 그리고 중국 성조가 강하게 섞인 영어를 쓴다.

도착한 첫날, 리셉션에서 내가 주차할 자리를 물었을 때 안내하는 사람은 "두유노우 유어 카팍 넘버?"라고 되물었다. 나는 "웟이즈 카팍?"이라고 물었는데 그녀는 다시 이렇게 대답했다. "카팍, 유돈 노우 카팍 넘버??"

나는 도대체 카팍이 뭔지를 알 수가 없었다. 실랑이 끝에 글로 써달라고 요청했고 그제서야 'car park'임을 알게 되었다. 카알-파아-ㄹ크를 카팍으로 발음하리라곤 도무지 상상도 못했다.

그리고 미국에서 쓰는 주차장 'parking lot' 대신 영국식으로 'car park'을 사용한다는 것도 그때 알게 되었다. 더 어려웠던 일은 그 알아듣기 힘든 발음으로 핸드폰 메시지를 보낼 때 종종 음성을 녹음하여 보내 그것을 해석하고 알아듣는 일이었다.

운전 중이거나 혹은 긴 글쓰기가 귀찮다는 등의 이유로 음성파일을 보내는 사람이 많았다. 지금 생각해 보면 자신의 모국어보다는 불편한 영어를 써야 할 때 그것을 대충 말로 하는 것이 문법이나 스펠링을 맞춰가며 텍스트로 보내는 것보다 더 간편했기 때문인 것 같다.

나중에 오래 산 친구들에게 들은 재미있는 사실 하나는 굳이 긴 문장이 필요치 않다는 거였다. 모든 것은 'can'과 'cannot'으로 통한다는 것이었다. 그냥 물건을 깎고 싶을 땐 "Discount, can?"이라고 물어보면 된다. 안 되면 "Cannot."으로, 깎아 주겠다면 "Can, can!"으로 간단히 해결된다. 물건을 고칠 수 있는지를 물어볼 때도 "fix can?" 하면 된다.

아무튼 이 어려운 말레이시아식 영어에 살아남기까지 꼬박 6개월은 걸린 것 같다.

말레이시아에 도착하자마자 받은 또 다른 과제는 운전이었다. 한국에서 미리 주문해 둔 차가 이삿짐보다 먼저 도착했기 때문이다. 말레이시아는 한국과는 반대로 왼쪽 차선으로 주행하고, 운전석은 오른쪽에 있다.

차가 도착하자마자 나는 바로 차를 갖고 거리로 나섰다. 새집에 필요한 청소도구, 먹을 것과 생활용품 등 필요한 게 너무 많았다. 그때마다 택시를 부를 수는 없는 일이어서 남편보다 운전에 대범한 내가 운전대를 잡았다.

나는 좌측 운전 요령인 '우회전은 크게, 좌회전은 작게'라는 말을 주문처럼 외웠다. 한국의 좌회전이 여기선 우회전과 같다. 우측 깜빡이를 켜고 신호를 기다리며 반대 차선으로 넘어가야 하기 때문에 이 주문은 꽤 유용했다. 다행히 나는 금세 익숙해졌고 이후 말레이시아 곳곳을 누비며 여러 사람들을 태우고 다녔다.

그러나 그때부터 한국에 돌아온 지금까지도 꼬여버린 운전 습관이 있다. 운전석 위치와 차 없는 거리에서의 운전이다. 운전석이 헷갈려 매번 조수석이 있는 왼쪽 문을 열게 된다. 때마침 내 차에 타려던 사람들이 있는 경우에는 "문까지 열어줄 필요는 없는데……"라는 말을 들으면서 나는 과하게 매너 있는 사람이 되곤 했다.

또 차가 없는 거리에서는 다니는 차가 없으니 어느 길로
가야 하는지 헷갈려 역주행을 하는바람에 마주 오는 차와
부딪힐 뻔하기도 했다. 얼마나 진땀 나는 순간이었는지 모
른다. 말레이시아에서는 외국에서 온 사람들이 많기 때문
에 이런 실수를 감안하고 봐준다고 들었었다. 과연 그랬는
지, 역주행해오는 차를 보고도 상대 운전자들은 크게 놀라
지 않고 상향등 몇 번과 빵빵 소리로 주의를 준 후 웃으며
지나갔었다.

문제는 한국에 돌아온 지금도 나는 종종 헷갈린다는 거
다. 바쁜 아침에 운전석 반대쪽 차문을 열고는 황당해하거
나 조용한 밤거리 차가 없는 곳에서는 내가 바르게 가고 있
는 건지 몇 번이고 확인하면서 등줄기에 땀을 흘리곤 한다.

말레이시아에서의 생활은 때로는 낯설고, 때로는 웃지
못할 에피소드로 당황스럽기도 했지만, 나에게 새로운 문
화를 이해하고 존중하는 법을 가르쳐 주었다. 아스팔트를
녹일 만큼 뜨거운 날씨도, 더위를 식혀주던 스콜성 소나기
도 좋았다. 이슬람교, 힌두교, 불교 세 민족의 종교를 존중

해 각 종교행사가 있는 날마다 공휴일이라 유독 쉬는 날이 많았던 문화도 재미있었다.

다시 동남아시아 국가로 떠나라고 한다면, 한 치의 망설임도 없이 갈 것이다. 이제 나는 내가 모르는 것에 대한 선입견 따위는 고이 접어두자 다짐한다. 부끄럽지만 "안 간다" 부르짖던 내가 말레이시아, 이 나라를 좀 사랑하게 된 것 같다.

2019년 8월, 우리 가족은 말레이시아 수도
쿠알라룸프르 근교의 몬키아라에 도착했다.
공항에서 이동하는 내내 허름한 골목과 흙길은
온데간데없고, 화려한 익스테리어를 자랑하는
웅장한 건물들에 눈이 쉴 틈이 없었다.
여기가 내가 알던 그곳이 맞나? 우리 집은 서울
한남동처럼 서양인과 동양인 주재원들이 모여
사는 고급 주택이 지어진 신도시에
있었다. 놀라움의 연속이었다.

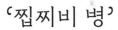

'찝찌비 병'

이 현 지

변화, 탐험, 모험을 좋아하는
에너제틱형 개척자

우리 가족의 DNA에는 공포증이 흐르고 있다. 아빠와 친할머니를 비롯해, 친가 쪽의 아빠 형제들과 그 자녀들까지 모두 크고 작은 공포증이나 '걱정병'을 앓고 있다. 우리는 이를 찜찜함이나 불편함을 못 참아 생긴 병이라는 의미를 담아 '찝찌비병'이라 부른다.

사촌들이 모이면 여러가지로 발현되는 각자의 다양한 증상을 공유하며, 우리가 모두 한 핏줄임을 확인하곤 한다. 예를 들면 불안해서 의자에 앉지 못하는 사람이 있는가 하면, 식당에서 숟가락과 젓가락을 물컵에 넣어 씻어 먹는 사람도 있고, 지진이나 재해 문자가 오면 가족 단톡방에 모두 무사하냐며 꼭 물어 보는 경우들이다.

우리 가족은 정이 많고 서로를 위하는 재미있는 사람들이다. 췌장암으로 돌아가신 큰아빠를 아버지 6남매가 돌아가며 간호했었고, 엄마가 위암으로 입원했을 때는 한 주에도 몇 번씩 큰엄마와 작은엄마들이 번갈아가며 반찬을 갖고 오셨다. 몇 년 전 아빠가 편찮으셔서 서울대학병원에 정기적으로 가야 했을 때는 70대의 큰아빠와 작은아빠가 늘 함께 가주셨다.

사랑이 많은 만큼 화도 걱정도 많아 서로를 위하면서도 쉽게 화를 내는 것이 우리 가족의 특징이다. 이러한 성격 때문에 사위와 며느리들은 매번 큰소리가 날 때마다 싸우는 줄 알고 긴장하지만, 우리 원가족들은 그것이 사랑과 '걱정병'에서 비롯된 것임을 잘 알고 있다.

사촌오빠는 50대에 들어서 갑자기 시작된 불안증으로 약을 먹고 사촌동생 중 하나는 건강염려증으로 약을 먹는다. 돌아가신 친할머니는 심한 결벽증이 있으셔서 손주들을 한 번도 안아 주신 적이 없고, 집안에 수리하는 사람이라도 방문하면 수세미에 세제를 묻혀 양말 신은 그의 발바닥부터 닦으셨다.

　무던하신 할아버지와 피가 섞여 그보다는 양호하지만 고모는 위생적이지 않다는 이유로 밖에서 식사를 잘 안 하신다. 우리 아빠는 결벽증 대신 '걱정병'을 물려받아 내가 전화를 안 받으면 세 번이고 네 번이고 받을 때까지 전화를 한다. 내가 예전 미국에서 공부할 때, 핸드폰이 없던 시절이라 기숙사 전화를 사용했다. 전화 연결이 안 되었던 어느 날 아빠는 나와 통화가 되기까지 꼬박 24시간을 출근도 안 하고 곡기도 끊고 잠도 자지 않은 채 전화기 앞에만 앉아 있었다고 했다.

　이렇듯 공포증은 이해하기 어렵지만 당사자에게는 죽을 만큼 힘들다는 것이 특징이다. 사촌들 중엔 비교적 편안한 성품을 가진 엄마들의 우성 기질을 받아 '찜찌비병'이 없는 이들도 있다.

　내가 물려받은 것은 '걱정병'과 폐소공포증이다. 어릴 때부터 나는 답답한 기분을 참지 못했다고 한다. 마론인형부터 솜인형까지 옷을 입은 모든 인형은 죄다 옷을 벗겨 놓았다. 인형들이 답답해 하고 더워 해서 옷을 입을 수 없다는 것이 이유였다. 어린 나도 기저귀만 찬 채 옷을 훌러덩 벗고 놀았다고 한다. 참 특이한 아이라고 엄마는 생각했다지만 어쩌면 그것도 내가 갖고 있는 '찜찜비병' 중 하나였을 거라는 생각이 든다.

어른이 되어서는 '걱정병'보다는 폐소공포증이 더 심해졌다. 극도로 심해진 건 둘째를 출산한 후 비행기에서 발현되었다. 비행기가 이륙한 후 문득 내리고 싶다는 생각과 함께 낮은 천장과 작은 창문들이 나를 옥죄어 오는 것처럼 느껴졌다. 등에서 식은땀이 흐르고 둘째를 안고 있는 내 가슴과 배를 1톤짜리 돌덩이가 누르는 것 같았다. 남편에게 나 내릴 거라고 죽겠다고 외치다 다행히 죽은 듯 잠이 들어서 발작 증세까지 가지는 않았다. 하지만 지금도 그때의 아찔함이 쉽게 잊히지 않는다. 그 증상은 몸이 피곤하거나 힘들 때 증상이 악화되는데, 다행히 좋은 컨디션을 잘 유지하면 괜찮았다.

그러다 2년전, 엘리베이터에 갇혔을 때 폐소공포증이 심각하게 나타났다. 취소하려고 버튼을 여러 번 눌렀는데 갑자기 엘리베이터가 어느 층에선가 멈춰버렸다. 에어컨도 꺼졌다. 모든 것이 멈춘 듯한 소름 돋는 그 시간은 1분도 채 안 되었지만 내게는 영원처럼 느껴졌다. 폐소가 오면 증상이 나타나는 순서가 있다. 처음에는 동공이 커진다. 동공만 커지는 게 아니라 눈동자 전체가 누가 잡아당기듯 벌어지며 커진다. 그리고는 심장이 가슴을 뚫고 튀어나올 듯 뛴다. 내 맥박 소리가 머리 전체에 울리며 현기증이 난다. 머리와 손가락, 발가락 끝은 핏기가 가시고 차가워진다. 그리고는 몸의 말단 부위부터 쥐가 나기 시작한다. 거기까지 가면 정말 숨을 쉴 수가 없어진다. 그리고는 이러다 나는 죽겠구나, 라는 생각이 든다.

어딘가에 갇혔다는 기분이 들면 머릿속에 그려지는 그림이 있다. 나를 둘러싸고 있는 것을 바라보는 시점에서 시작하는데 그것이 엘리베이터라면 엘리베이터 문 바로 밖에서 안에 갇혀 있는 내가 보인다. 그리고 엘리베이터를 둘러싸고 있는 철근벽, 철근을 둘러싼 콘크리트, 그리고 그 벽을 둘러싼 건물의 외부가 보인다. 더불어 엘리베이터 안에 갇혀 있는 나도 동시에 보인다. 건물의 밖으로 하늘과 우주가 켜켜이 둘러싸여 내가 빠져나갈 틈이 없는 것 같은 그림이 보인다.

이건 말로는 참 설명하기가 힘든데 이 정도의 그림이 보이면 이젠 나는 이 숨막히는 공간에서 죽겠구나,라는 생각에 이르게 된다. 그날 엘리베이터 안에서 나는 극도의 공포를 느꼈다. 그 경험은 나에게 큰 충격이었고, 재발할까 두려워 항상 긴장하게 되었다.

그때 발현된 폐소공포증은 작년에도 심하게 나타났다. 백화점 지하주차장으로 들어가는 입구에서 남편은 화장실에 가느라 먼저 내리고, 뒤에는 아이들이 앉아 있었다. 앞뒤로 꽉 막힌 차들과 좁디좁은 내리막길, 낮은 천장, 이 모든게 폐소공포증을 부르기에 완벽했다.

사실 지하로 들어서는 순간부터 갑갑해서 안전 벨트를 풀었고, 아이들에게 "엄마 좀 답답해."라고 말했다. 움직이지 않는 차들 사이에서 하나씩 증상이 나오기 시작했다. 지하 3층에 이르자 더는 숨을 쉴 수가 없었다. 앞뒤 차로 꽉 막혀 있는 그곳에서 딱 죽을 것 같았다.

아이들에게 "너희 잠시만 기다려, 엄마 금방 올게." 하고는 기어를 파킹에 놓고 차에서 내렸다. 그리고 지하 3층에서 1층으로 뛰기 시작했다. 뒤에 서 있던 차들은 빵빵거렸고, 차 안의 사람들은 나를 이상하게 쳐다보았다. 그렇지만 나는 아무것도 생각할 수가 없었다. 냅다 1층을 향해 뛰기만 했다.

마침내 주차장 입구의 빛이 보이기 시작하자 내 몸엔 피가 다시 흘렀고, 숨을 쉴 수 있었다. 나는 주차요원을 불렀다. 도와달라고. 나는 폐소공포증이 있고 아이들만 남겨둔 차가 지하 3층에 있다고. 다행히 무전기를 통해 지하에 대기 중이던 주차 직원이 뛰어 내려가 우리 아이들과 내 차를 주차장에 무사히 데려다 주었다.

그날의 발작 증세 이후 차가 막히는 터널도 가지 못했다. 터널에서 내가 내리면 정말 위험한 상황이 되지 않겠는가. 생각만 해도 아찔하다.

사실 문을 열고 뛰어내릴 번한 적이 그 이후에도 여러 번 있긴 했지만, 그럴 때는 눈을 감고 내가 좋아하는 노래를 듣거나 의지가 되는 사람의 손을 잡는다. 하지만 그래도 사실은 너무너무 힘이 든다. 가족들이 모두 약을 먹으라고 했지만, 증상이 발현될 것 같은 곳들은 피해가며 잘 넘기긴 했다.

이렇게 우리 가족들은 부모로부터 저마다 조금씩 다른 모습의 유산을 물려받았다. 물려받은 유산이 하필 이런 종류라 안타깝긴 하지만 이 힘든 증상을 나만 겪는 게 아니라고 생각하면 조금 위안이 되긴 한다.

비록 남들에게는 이해되지 않는 공포일지라도, 서로의 위로와 공감이 필요한 이 유산을 다음 세대에게는 어떻게 하면 무디게 전해줄지 고민하면서 오늘도 조금씩 극복하려 노력하고 있다.

집, 그리고 나의 이야기

펴 낸 날 2024년 8월 16일
지 은 이 강인성, 구선, 문옥희, 민희순, 박미정,
반수정, 서형운, 윤을순, 이솔, 이현지

펴 낸 곳 생각을담는집
디 자 인 niceage 강상희
제 작 처 올인피앤비

전　　화 070-8274-8587
팩　　스 031-321-8587
전자우편 seangak@naver.com
블 로 그 https://blog.naver.com/seangak

ISBN 978-89-94981-98-7 03810